JN054819

八神庵（やがみいおり）

エサーガ公国 騎士
アルテナ・ヴィークトリアス
ヒガツミ魔導王国 超級魔法少女(自称)
リリリゥム

口絵・本文イラスト／おぐらえいすけ（SNK）

「月輪　蝕まれたる時　魔なる王　炎と共に　生まれきたり
日輪　蝕まれたる時　勇ましき者　光と共に　去りゆかん」

エル・エーン・ケリ『去来今』の逸文

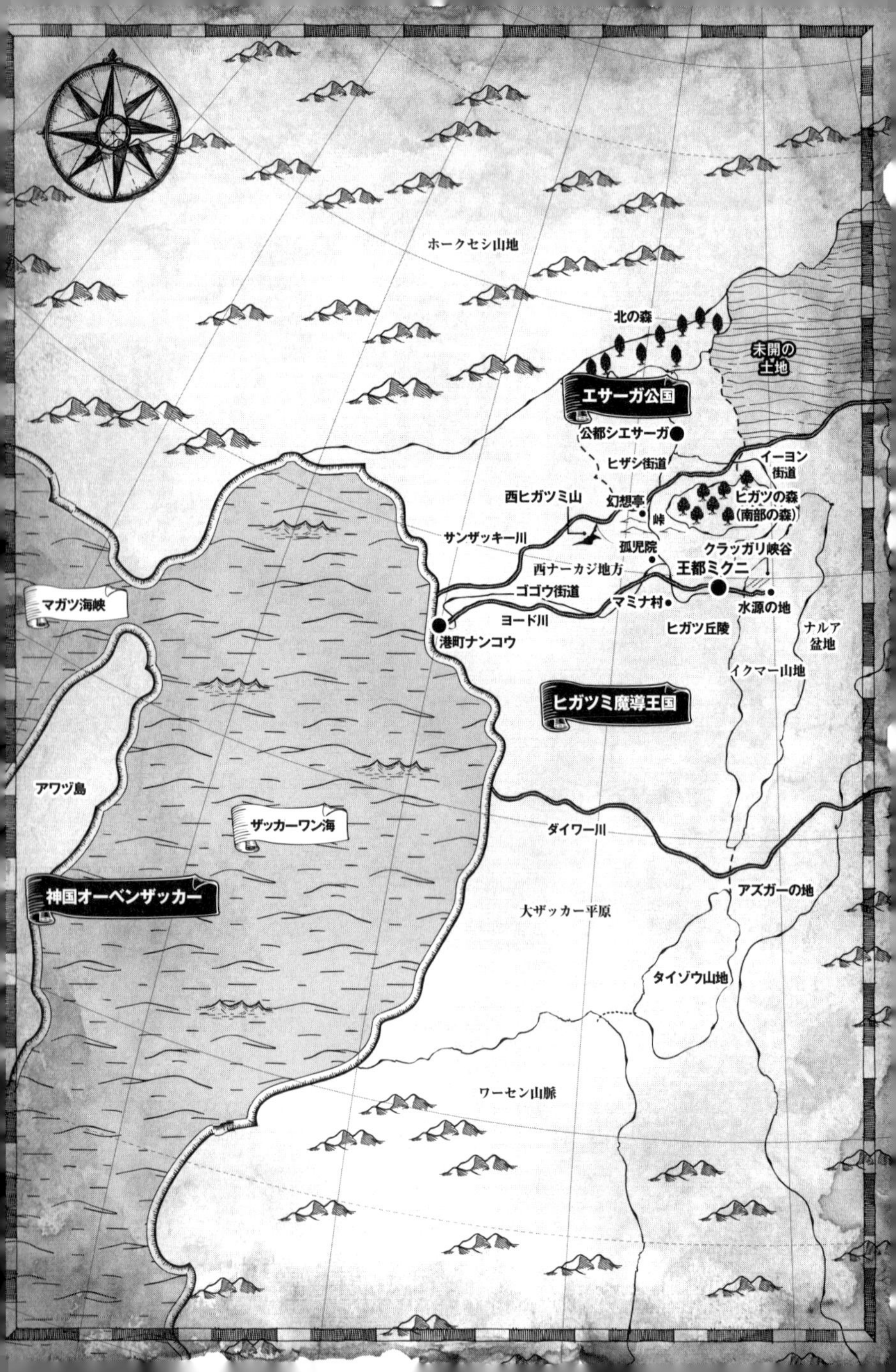

ホークセシ山地
北の森
未開の土地
エサーガ公国
公都シエサーガ
ヒザシ街道
イーヨン街道
西ヒガツミ山
幻想亭
峠
ヒガツの森（南部の森）
サンザッキー川
孤児院
クラッガリ峡谷
西ナーカジ地方
王都ミクニ
ゴゴウ街道
マミナ村
水源の地
マガツ海峡
ヨード川
港町ナンコウ
ヒガツ丘陵
ナルア盆地
イクマー山地
ヒガツミ魔導王国
アワヅ島
ザッカーワン海
ダイワー川
神国オーベンザッカー
アズガーの地
大ザッカー平原
タイゾウ山地
ワーセン山脈

序章

王暦二六七九年　～　一〇月六日

かん……。

きん……。

こん……。

琴の音色のようなものが絶え間なく聞こえてくる。

洞窟の水溜まりに水滴のしたたり落ちた音が反響しているのだ。

高い天井が、この場をまるで天然の水琴窟のように仕立てているらしい。

どおぅ……っ!!

透き通った音をかき消したのは別の音。巨大な物体の倒れる音だった。

伏したその物体の頭部と思しき部分には紅蓮の炎が纏わりついている。

「俺の……勝ちだ！」

男が左腕を高く突き上げた。

腕には金環蝕を思わせる金色の紋様のついた長めの指抜き手袋がはめられている。髪は烏の濡れ羽色のようで、長い前髪を左右に分けているのは額に巻かれた白いハンカチ風の布切れだ。彫りは深いが涼しげな目元と、そう太くない首が女っぽさを感じさせるかといえばそんなことはなく、体を隠す漆黒のマントの上からでもたくましさは見て取れた。

「我を……氷竜ドゥランテを……斃すとは………。見事だ……」

この世界には竜――ドラゴンと呼ばれる魔法生物がいる。存在を疑問視されるほど珍しい伝説上の魔物で、実際に見た者はこの数世紀いなかった。一説には絶滅したとも眠りについているともいわれ、わずかに伝承や壁画、古文書に残っているだけの存在だった。

曰く、角の生えた蜥蜴を思わせる頭部、蛇のように縦長の瞳孔を持つ冷たい眼、剣ではかすり傷をつけることも難しい輝く鱗、鉄の城門すら引き裂く鋭い爪、そして魔法攻撃に対して自律的に魔力障壁を展開する一対の翼など、魔物の頂点に君臨すると言ってもいい完全武装の生き物だ。

そんな魔法生物を人間が斃したと言うと、この世界では気が触れたと思われるが前例はあるのだ。

そしてこれが二例目となる。

「三つの水を統べし竜とか偉そうな口叩く割には大したことねえな。俺とやり合うには首が五本足りねえぜ」

ドゥランテを見ると、首は三本あった。あったが、頭部は一つしかない。残り二つは炎で燃やし尽くされてしまったのか、いくつかの灰の山が見える。

周囲の壁には一時的に氷が張りつき、氷竜の力の強大さを物語っていたが男の生み出す炎の前にはまるで無力だったようだ。

「……だが覚悟せよ、我は……『三大竜王』の一柱…………。我を斃しても……、目醒めた焔竜アリギエーリと……雷竜ダンテが――」

「うるせえんだよ」

男はまだ燃えているドゥランテの頭部を蹴り飛ばした。

「人間よ……、もしや魔王……か――」

そして鼻面にどかっと座ると、突き出た角を肘掛け代わりに体を預け――

「気づくのが遅えんだよ――って、なんだもう聞こえちゃいねえか」

ドゥランテは事切れていた。

「俺たちの出る幕はどこにいったんだ？」

手首に黒い包帯を巻いた右手、同色の指抜き手袋をはめた左手という左右非対称の手で、天を突くほど高く立ち上げた金髪を整え直し、痩身の若者が問うた。

直後、剥き出しとなっている肩に大きな手が置かれ――

「そのとおり。わしらがなんのため、おぬしに同行していると思う」

上半身裸の巨漢が口を揃えて抗議めいた言葉を吐いた。だが、金髪の若者の自尊心の強そうな表情とは逆に、柔らかな笑みを浮かべた口許と細い目が角張った輪郭にもかかわらず柔和な雰囲気を醸し出している。その頭には赤い丸の描かれた白鉢巻が、腰には黒帯が巻かれているのは彼なりの拘りだろう。

金髪の若者は上半身裸の巨漢を見上げると肩に置かれた手を煩わしげに払った。髪の毛を入れた背丈は若者のほうが高いものの、目の高さ自体は頭半分低い。

「魔王様ぁぁぁ――――!!」

突然、猪のような牙を備えた二足歩行の豚という風貌の魔物が魔王の前に飛び出すと膝頭が削れるような勢いで跪いた。それまで抱えていた大きな戦槌は放り出され、放物線を描いて地面にめり込んだ。

この魔物は――オークだ。ゴブリンやコボルトといった一般的な魔物よりもはるかに図体が大きい。しかも他の標準的なオークに比べてもさらに一回り以上大きく、人間の言葉を話せるということはオーク・ロードに間違いない。オーク・ロードはオークたちの君主となりうる知能の高い突然変異種で、敵としてはなるべく一対一で出会いたくない相手だ。

しかし、そのオーク・ロードが額を――いや、突き出た鼻に邪魔されて額がつかないため、代わりに鼻を地面へ擦りつけ泣いている。ただでさえ大きな涙声が洞窟内に反響して頭が痛くなるほどうるさい。

「魔王様のお力を試すような真似をしたこと、何卒お許しください！」

「顔を上げろよ、ザンゲルド・アズガー」

姓と名を持つのもオーク・ロードだけの特徴だ。ほとんどの姓は地名と同じなので、この場合『アズガーの地』に棲む『ザンゲルド』ということになる。

「いい暇潰しになったぜ」

「畏れ多いお言葉！」

ようやく顔を上げたザンゲルドの右眼にはまだ涙の粒が残っていた。左眼は潰れており、こちらは傷痕の古さからかなり昔に光を失ったことがわかる。

ザンゲルドの言葉から察するに、彼は魔王にドラゴン退治をけしかけて武力を測ったようだ。ロードという地位を持つ魔物としては、魔王と言われて「はい、そうですか」と従えるわけでもなかったのかもしれない。たとえそれが待ち望んでいた王だったとしても。

「それにお前がくれたマント、なかなか渋くていいじゃねえか」

魔王はそう言いながら、両肩にあるよくわからない形状の装飾を交互に見て嗤った。が、オークの美的感覚が理解できているのかどうかは不明だ。

「ははーっ！　今この場にいない我が弟シグマ・アズガー共々、魔王クサナギ様へ永遠の忠誠をっっ‼」

ドゥランテのいたこの洞窟は『イクマー山地』に刻まれた峡谷の奥深くにあった。山の東側に広がっている盆地が『ナルア盆地』で、その南部が数多くのオークが棲むアズガーの地になる。アズガーの姓を持つオーク・ロード兄弟は、そこで配下のオークたちを率いていたのだろう。

「二年前の、さらにその前のどの『黒い月の日』にも、アズガーの地に魔王様は顕れなかった。しかし今、心待ちにしていたあなた様がここに……！」

「フム、黒い月というのは先だって起きた月蝕のことか」

上半身裸の巨漢が指で顎を撫でると、金髪の若者がふざけるように手の平をくるくる回して補足をした。そこには魔王との約束らしきものも含まれているようだ。

「ま、あの呪文詠唱なしの炎を見せたら魔王に祀り上げられるのも無理はないな。ただ忘れるなよ、俺との再戦がまだだってことを」

呪文詠唱なしの炎——

これもまたそんなものがあると言うと、この世界では気が触れたと思われるが前例はある。

あるのだ。

そしてこれも二例目となる。

「わかってるさ……」

肩をすくめるような仕草をし魔王は頷いたが、しかし表情には不満げな様子がありありと浮かんでいる。

「ドラゴンごとき、暇潰しにはなっても俺を昂ぶらせることはできねえからな」

そしてその表情もドゥランテを燃やす炎が消えると同時に闇へ溶けていった。それでもザンゲルドの言葉は続く。

「では、魔王様。『ヒガツミ国』への侵攻を具申いたします」

「『ヒガツミ魔導王国』か……」

「遡ること二〇〇年前。我らは彼の国との戦で、魔法に秀でたエルフ共に太刀打ちできず多くの同胞を失いました。しかし、魔王様がおいでとなれば話は別！」

「なんだ、国獲りに力を貸せってことか」

左眼を摩るザンゲルドの顔に言葉で表せない怒りが浮かんでいた。種族は違っても感情は伝わる。魔王の出現を心待ちにしていた真意はこれだろう。人間とは寿命の異なる彼は二〇〇年の間、屈辱を忘れていなかったようだ。

「魔王様が『神国オーベンザッカー』への旅の途上にあることい[illegible]既に新たな武器を得た我が同胞たちはイクマー山地を南に迂回し侵攻中です。その勢いは疾風迅雷、我らに追いつくのも時間の問題かと」

「お前ら、どう思う？」

二人の男からは先に頷いた空気が伝わり、続いて異口同音の賛意が示された。

「悪くない」

「うむ、賛成だ」

「紅丸も大門も……賛成…………か……」

額に手を当てひとしきり無言でとおした魔王は、とりあえずといった風に話題をすり替えた。不意に襲ってきた意識の喪失を悟られないよう、魔王らしく威厳を保ちつつ問う。

「お前らの同胞ってのは何匹いるんだ？」

ザンゲルドは正確に思い出すため指を折り数えると、文字通り鼻息も荒く断言した。

「配下のオークとコボルトで総勢九九五！　そこに我ら兄弟を加え九九七！　ほかにトロルとワイバーンを調達したとの報もあります！」

「多いのか少ないのかいまいちわかんねえな……」

「エルフ共はもともと数の少ない種族。魔王様の許、我らの士気はいやが上にも昂まり、今度こそ彼奴らの根切りを成し遂げられましょう！　まずはシグマを先遣隊として近郊の村へ――」

饒舌に語っていたザンゲルドは名案を思いついたように目を輝かせ、跪いたまま魔王に一歩にじり寄った。

「この洞窟の主はもはやドゥランテではなく魔王様！　以後ここを『魔王窟』と名付け、魔王様の居城としましょうぞ‼」

そこにドタドタと重い足音が聞こえてきた。しかし、洞窟の入口から距離があるため、音は反響して近くに聞こえてもなかなか音の主は現れない。

「兄者っ！」

ようやく届いた声にザンゲルドが喜色満面で反応する。

「シグマか！」

シグマと呼ばれたもう一匹のオーク・ロードは兄ザンゲルドと同じように、竜を象った禍々しい形状の椅子――否、ドラゴンの頭部そのものに座る魔王の前へ跪いた。鎧の肩当てと一体になった兜が邪魔そうだったが、柄の長い巨大な戦斧は右手に持ったまま、頭を垂れる。

一般的なオークの皮膚は鈍色だが、このオーク・ロード兄弟は影のように黒い皮膚をしていた。灯りの下なら、ぎょろりと動く大きな黄色い瞳が異様に目立っていただろう。

暗闇と静寂の中、魔王は闇に溶け込む漆黒の衣を纏っており、そこに存在していないかのようだ。気だるげに肘掛けへ体を預け壇上から、目の前に跪く魔物たちを眺めている。

椅子の左右には金髪痩身の若者――紅丸――と上半身裸の巨漢――大門――が、まるで門を守護する鬼神のように仁王立ちしており、付け入る隙もない。

シグマがうやうやしく告げた。

「魔王様……。『三大竜王』が一柱、焔竜アリギエーリが斃れました」

紅丸が問う。

「誰に……？」

「紫色の炎を使う者、とか」

大門が問う。

「どこへ……？」

「ヒガツミ魔導王国へ向かった模様です」

魔王の右手に紅蓮の炎が生じた。

炎に揺らめきわずかに見える口許が嗤っている。

「月蝕の日以来退屈していたが、ようやくか……」

魔王はしばらく炎を弄ぶと軽い動作で握り消した。

周囲は再び暗闇と静寂に包まれた。

第一章　ヤサカの孤児院

王暦（おうれき）二六七九年　～　一〇月一五日

あたしの名前はリリリリゥム。
普段（ふだん）は「リリリ」と呼ばれている。
姓（せい）は？
とか、
名は？
とか尋（き）かれてもそれは答えられない。

なぜならこれが名前のすべて、ただのリリリゥムなのだから。

あたしの住むヒガツミ魔導王国はエルフの国で、もともと人口は多くない。エルフが長命で無理に人口を増やす必要がないため、というのが一番大きな理由だ。

だから姓がなくてもなんとか区別がついている。そりゃあ、たまには似た名前や同じ名前になる時もあるけれど、それはそれ。

ちなみにあたしはエルフではなく普通の人間。でも、並み居る優秀なエルフたちを抑えて『超級魔法使い養成学校』の首席を勝ち取ったのだからちょうスゴイ！

魔法使いには等級があって、普通は初級～中級～上級～特級の四段階までだ。じゃあ超級魔法使い養成学校はというと、王国のなかでも特に魔法への適応性に富んだ者だけを選抜して教育する秘密の学校のこと。つまり超級は特級からさらに上の規格外の存在になる。

だからまあ～、あたしが希代の天才魔法使い『超級魔法少女リリリ』と呼ばれてしまうのも無理からぬことなのだ。

今更「魔法って？」と訊く人はいないと思うけれど、これに関してはそのうち説明しよう。


——こんな感じでいいかな？

アルテナがあたしたちとの出会いを日記の体で残していたので、あたしもやってみることにした。

これから起きる一連の出来事や、彼だけが使う格闘術『ヤガミ流古武術』を記憶しておける限り残していけば、のちの世で役立つ資料になるかもしれないから。

さて、ヒガツミ魔導王国へ行くため『エサーガ公国』の『公都シエサーガ』を離れて一五日目。あたしが今どういう状況にあるかというと、なんとまだ入国できていない。正確に言うと、領土的に入国はしているけれど『王都ミクニ』へは入れてもらえなかった。

理由はとても簡単。公国から「ドラゴンを斃した魔王が出国した」とお触れが出ていたためだ。

ヒガツミ魔導王国とエサーガ公国は友好国で、基本的に国境の行き来は自由だ。自由なのだが都に入るには厳重な検分がある。あたしたちはそこで撥ねられた。

アルテナがエサーガ公国の君主ナンボーク・エサーガ公に「魔王と思しき者を放置してよいのですか？」とか啖呵を切ったのが仇になった形だ。言った本人は、うかつだったと反省しているが入国できなかったのはどうやらそれだけが理由ではないようなので、大目に見てあげようと思う。

じゃあそれ以外の理由は――これは正門を護る衛士に言葉を濁されたのでわからず仕舞いだった。

というわけで行くあてのなくなったあたしたち三人は、ほうぼうでうろうろと観光じみたことをしたりして時間と『光貨』――平たい硝子や水晶のような光る貨幣だ――を浪費した挙げ句、『ヤサカ孤児院』に居候させてもらっている。それもそうそろそろ一週間。

「お前たち……いい加減にしろ！」

あ～、またイオリが子供たちにじゃれつかれている。袖を引っ張られたり、ズボンの両脚を繋いでいる紐を玩具にされたり、散々だ。

孤児院なのでここにいる子は全員、親を失ったか捨てられたかを問わず身寄りがない。それだけに寂しい想いをしてきた経験を皆が持っている。最初の一日二日はさすがに警戒もされたが、三日目になるとそれも解消され、今じゃご覧の有様だ。怒濤の『遊んでくれ攻撃』で毎日イオリを翻弄している。

彼の、炎の色のような髪や瞳、つっけんどんな態度はなかなか親しみの持てるものではないが、子供には関係ないようだ。

もっとも、あたしみたいにデキた大人からするとそんなことは、はなから問題にならない。この気持ちは、たとえヤガミ・イオリが異世界からやって来た魔王であっても、『ヒガツの森』で出会った時からなにも変わっていない。

赤い髪は遠くにあっても見えるとあたしを安心させてくれるものになり、変わった髪形や道化師のような服装だって慣れてみればなかなか悪くないと思えてしまう。ちょっと贔屓目なのかもしれないが。

そんなあたしの評価とは別に、イオリが子供たちに慕われるのにはそれなりの訳があった。彼と孤児院の院長ヤサカさんがよく似ていたからだ。

ただし、ヤサカさんは既に亡くなっている。

イオリが孤児院の敷地に初めて立ち入った時、子供たちの驚きようには逆にこちらが驚かされた。彼がヤサカさんに似ているなんて知るわけもないのだから、小さな子が一気に彼を取り囲み口々に「ヤサカ兄ちゃん、おかえり！」「どこ行ってたの⁉」「おみやげはーっ⁉」と言えば誰だって怯む。

孤児たちのなかにはまだ死というものを本当には理解できていない子供もいたので、戻ってきたと勘違いされても仕方がない。

ただ、年長の子供ともなるとそのあたりは理解しているようで、特に最年長の一二歳の女の子と一〇歳の男の子は複雑な思いであたしたちに接してきた。なかでも――

「リリリさん――」

――今あたしの鼻先に自分の鼻先をくっつけてきたニーヤは、真っ先にその戸惑いを告げていた。

滞在してもらうのは構わないがヤサカさんが戻ってきたと誤解させるような真似はしないでほしい、と。今は彼女がヤサカさんに代わり孤児院を護っているので、ふと頼ってしまいたくなる瞬間が訪れてしまいはしないか不安だと言うのだ。この素直さ、とても可愛い。

可愛いといえば耳の横で結われた橙色の長い髪だ。くるりと振り向くたびに二本の髪束も一緒に回るので、つい手が伸びそうになる。そしてそれ以上に可愛いのが、頭の上でぴくぴくと動いている耳。

頭の――

上で――

ぴくぴくと――

動いている――

耳――

ニーヤはあたしたちの世界で獣人種と呼ばれる種族の子だった。彼女だけじゃない、孤児院に住む八名中七名がそうだ。彼女は猫だし、皆、耳だけでなくもちろん尻尾もある。そして外見から想像のつくとおり耳も鼻も利く。さっきの鼻をくっつける仕草――鼻ちゅー――も彼女の種特有の挨拶らしい。

獣人種の人口は非常に――エルフよりはるかに――少なく、王国以外の国ではほとんど目にすることがない。そのため、親を失った子供たちの面倒を見るような仲間もいない。だからここは獣人種の孤児たちに残された、文字通り最後の楽園のようなものだった。

そんな場所に身を寄せさせてもらっているあたしたち居候組は、人間種のヤサカさんの無私の精神に頭を下げつつ、それぞれ役割分担を決めて孤児院を手伝っていた。

頭脳明晰なあたしはヤサカさんのあとを引き継いで読み書きを教えている。王国はエサーガ公国と違って識字率はほぼ一〇割といってもいいのだが、この孤児院ではまだまだだった。文字が書けなくても読むことさえできればなんとかなるので、まずはそこからだ。

エサーガ公国騎士団ただ一人の女騎士アルテナ・ヴィークトリアスは騎士としての責任感で子供たちの護衛に当たっている。もともとこのあたり、あたしの知る限り護衛が必要な土地じゃない。ただ、あたしたちの来る少し前くらいから近くの川――王国の北部を流れる『ヨード川』の支流だ――が蒼く汚れはじめ、離れた井戸まで水を汲みにいく必要が出てきたそうだ。その往復で何度か魔物に襲われそうになったことがあると聞いたアルテナが「それなら私が」と護衛を買って出たので、そのまま任せることにしたわけだ。

残るイオリはお察しのとおり、力仕事全般が担当だ。

「ロブ、知りませんかにゃー？」

話を戻すと、もう一人の男の子がたった今ニーヤが名前を出したロブだ。

「そういえば見てないなー」

彼は、はねっ返りの坊やで仕事もさぼりがちだったが、なぜかあたしにだけとても懐いている。

「もう夕方なのに、薪割り放り出して」

案の定、さぼっていたらしい。懐かれるのは嬉しいが一度きちんと言い聞かせないとダメかなぁと思うあたしは、意外にお姉さん気質なのかもしれない。

「アルテナにちゃちゃーっと割ってもらおうか？　それくらいしか役に立たな――」

「薪なら割り終わりましたよ。で、リリリはなにをしてるんですか？　この夕食前の忙しい時間に……」

いつの間にあたしの背後に⁉

隠形の得意なエルフでもあるまいに。アルテナは焔竜アリギエーリと戦ってからこちら無駄に総合的な戦闘力が上がっている気がする。これもイオリの血を飲んだせいなのか……。

今回のように声が上から降ってくるのは、彼女があたしより頭一つ背が高いせいだ。振り向けば、紫色の髪の毛にぱっちりした目の美少女がそこにいるはずだ。明るい栗色の髪と、落ち着いた栗色の瞳が自慢のあたしに負けていない。

だけど油断大敵、ご用心だ。

星形の飾りがついた髪留めとイヤリング、あと胸の大きさで女子っぽさを訴えてくるが見た目だけに騙されてはいけない。

「あ……あたし、ロブを捜しにいってこよーっと！」

振り向かなくても想像がつくアルテナの表情に身の危険を感じたあたしは、一目散に逃げ出した。

別に相性が悪いとか嫌いだとかいうわけじゃない。根っから責任感が強かったりお節介だったり、とにかく真面目すぎて面倒臭い女子なのだ、あたしが気を許す数少ない相手の一人である彼女は。

あと一応、自分の名誉のために言っておくと、あたしは決して怠けていたんじゃない。子供たちに合った学習方法をあれこれ考えていたのだ。それが傍からするとぼーっとしているように見えたのだろう。魔法使いは新しい術式を頭の中で組み立てていることも多々あるので、そういう面ではとかく誤解されやすい存在なのだ。


アルテナとニーヤを置いて孤児院の裏手に回り込むと、壁に背を預けてひと息ついた。

こちらは完全に逆光で、夕陽が眩しい。

沈みゆく陽に照らされ茜色に染まる孤児院の建物は小さく粗末な教会という雰囲気で、事実、放棄された教会を改築したものだった。

ここは王国領土の北西『西ナーカジ地方』のエサーガ公国寄りの僻地。『ヒザシ街道』と『ゴゴウ街道』の分岐点近くだったが立ち寄る者は誰もいないため、身を隠すにはもってこいの場所だ。

身を隠す――ニーヤたちには悪いと思うが、イオリが魔王だと疑われていることは隠していた。なにを基準に魔王と断定するのかが曖昧である以上、無駄な心配はさせたくなかったからだ。

そんなことを考えながら目を細めて、ぼーっと裏の芋畑を見ているとなにか動いているのがわかった。小さな影だったが、あの背丈は――

「ロブ――――ッ」

あたしの声に気づいた影は手を止めると、真っ直ぐ駆け寄ってきた。そして、泥だらけの手で遠慮なく抱きついてきた。

「あ――ッ！　手を洗いなさいッ」

「ええやろー、別にぃ」

王国の南部訛りで口答えをするこの男の子、間違いなくロブだ。

屈託なく元気だったが、孤児院で誰にも頼らず暮らしている全員が未成年だということを、果たして王国のどれだけの人が知っているのだろう……。それを考えると泥くらいなんだ、という気になるあたしはちょろい。さっきまで、一度きちんと言い聞かせないと、とか思っていたのに。

「もう、仕方ないなー」

「へへへ！　せやから僕、リリリちゃん好きなんや！」

僕、ときた。これはロブが甘えたい時に使う一人称だ。あたしのお腹に顔を埋めて目は合わせないが、真ん中分けの黒髪から覗く虎の耳がぴょこぴょこ動いているので嘘でないことはわかる。獣人種は耳と尻尾に直接感情が出るからわかりやすいのだ。

「畑でなにしてたの？　ニーヤが薪割りさぼったって怒ってたよ」

「薪割りなんちゅうのは得意な奴がやればええねん。アルテナ姉ちゃんとか」

あたしと評価が同じで、笑いがこみ上げてきた。

「わいは畑、広くしたるんや！」

気持ちは理解できた。この土地はヤサカさんがなけなしのお金で西ナーカジ地方の領主ミガッダから買い取ったものらしい。ミガッダを「さん」付けで呼ばない理由は、ここが岩や石だらけの土地だということで察してもらえると思う。

汗水(あせみず)流して耕しても大して作付面積は広がらず、栽培(さいばい)できるのも連作障害が起きにくい芋くらいで、パンを作る白麦は買い求めるしかなかった。

「偉(えら)いなー、ロブは」

薪割りをさぼるのはともかく、この志は尊い。

そこであたしは軽く助言をしたつもりだった――

「イオリに手伝ってもらったらいいのに」

――と。

するとロブはあたしのお腹から顔を上げ、ぷいと背を向けた。後ろで束ねられた髪の毛が遅(おく)れてついていく。ほんの一瞬(いっしゅん)、彼の碧(あお)い眼(め)に敵意が満ちたのは気のせいとは言えない。

「わいはあいつ嫌いや」

「どうして？　見た目ほど悪い人じゃないよ」

「リリリちゃんに厳しい。ほな、悪人やで」

うーん、そう言われたうえ、しょぼんと倒(たお)れた耳を見せつけられるとなにも言えない。嬉しいけれど複雑な感情が湧(わ)き起こる。

「リリリちゃんもやめとき、あないなしょうもない『無爪(つめなし)』――ちゃう、爪はあるわあいつ。……なんしか、あいつはあかん！」

無爪とは獣人種が人間種のことを見下す時に使う単語なのだが、まだ彼には正確な用法がわかっていないようだ。あたしとしてはわからないままでいいと思う。

終始こんな感じで、イオリが孤児院を奪(うば)いにきたと思い込んでいた。ロブにとってイオリとヤサカさんが似ていたのは逆効果だったのだ。

説得には、もうちょっと時間を置いたほうがいいのかもしれない。

×　×　×

王暦二六七九年　～　一〇月一六日

「なんやぁぁぁぁこれはぁぁぁぁぁ――――っっっ!?!?!?」

翌日の朝、芋畑からロブの素(す)っ頓狂(とんきょう)な叫(さけ)び声が聞こえてきた。

悪戯盛(いたずらざか)りの子供が大袈裟(おおげさ)に声を上げただけだろうと思い、「かまってほしいんだねー」と笑いながらアルテナやニーヤと見に行ってみると――

「な……ッ」

「はっ……？」

「え――――――っ⁉」

孤児院の裏手には三者三様に絶句してしまう光景が広がっていた。

芋畑が！

広くなっている‼

毎日見て馴染(なじ)んでいた光景はもうそこになく、以前の一〇倍以上の耕地が青空の下、静かに広がっていた。

「どないなってんねん‼」

ロブが地団駄(じだんだ)を踏(ふ)み怒っている。彼自身が昨日やっていたように、本来耕地の拡大は好ましいことだ。それなのに怒るのは、手柄(てがら)を横取りされたという気持ちがあるからだろう。

それにしても、いつ、誰が……？

――と、考えるまでもなくすぐに答え合わせは完了(かんりょう)した。

壁に立て掛(か)けられた鍬(くわ)を見れば一目瞭然(いちもくりょうぜん)だ。大人用の農具なので子供たちには扱(あつか)えない。剣(けん)や斧(おの)は使わないのに農具は使うのか……と面白(おもしろ)くなり、この事件の犯人の耕している姿が見たくなった。

ヤサカさんという働き手を失って困窮(こんきゅう)している孤児院を見て、犯人にもなにか思うところがあったのだろう。本当に素直じゃないんだから。

しかし昨日の夕方、ロブと見た畑には少しの変化もなかった。ということは、たった一晩でこの面積を耕したということに……。

犯人はドラゴンブレスで炙(あぶ)られても灼(や)けなかったり、あまつさえそのドラゴンを斃したりする人間なのだから常識が通用しないことはわかっていた。それでもこうした普通に比較できることでそれをやられてしまうと、子供は拗ねるよ。

「絶対あいつや！　わいの仕事盗ったんは‼」

「あいつって、イオリ兄さんのことかにゃ？」

ニーヤがロブをなだめるが、まるで治まる気配がない。

その内に騒ぎを聞きつけてほかの子供たちも出てきてしまった。犯人が連行されるように、イオリが手を引かれてやってくる。

これはロブ対イオリの一波乱を覚悟しないといけない。

「ここはひとつ穏便に――」

「自分やな⁉　畑、耕したんは‼」

アルテナの執り成しも聞かず、ロブがイオリに食ってかかった。獣人種特有の伸びる爪が剥き出しになり、本気で怒っているようだ。尻尾の毛も逆立ち、さながら麦の穂だ。それを見て、ここに麦を植えたら結構豊かになるかも……と考えたあたしは我ながら呑気だと思う。

「なんのことだ」

「とぼけんなやー！　その泥だらけの服が証拠やで！」

「くだらん」

「親切ぶっても、わいは騙されへんからな！」

イオリの服はロブの指摘どおり泥で汚れていた。普通に過ごしていればこうは汚れないので、なにかやらかしたのは誤魔化しきれない。

イオリとしては一方的に喧嘩を売られているようなものでも、一〇も歳の差があると正面から相手をする気にはなれないようだ。とはいえ、一日の始まりがこれだと放っておくとどうなるかわかったものじゃない。

仕方ない、あたしがこの場を収めてあげるとしよう。

「そんな素直じゃないとこも大好きッ」

「貴様……！」

「リ……リリリ、あなたまた……っ！」

あたしがイオリの首に抱きつくと、いつもどおりにアルテナが反応する。

自分で言うのもおこがましいが、あたしは寂しがり屋なほうだと思う。近くに肉親がいないせいもあるけれど、誰かと触れ合っていたいという気持ちが人よりちょっとだけ強い。だからこうして――まぁ、その話は追い追い。

「ほら、みんなおいでよッ！　アルテナも遠慮しないで～ッ」

子供たちが歓声を上げ、イオリに群がっていく。腕や背中にぶら下がり、まるで葡萄の房のようだ。

そういえばミクニの葡萄畑にもまだたくさん緑色の実が生っていた。毎年九月には収穫が始まっているので摘み残しがあるのは少し不思議だ。いつもならこの時期になると――

ロブが呆れた顔をしている。やる気が削げてしまったようで、あたしは役目を果たせたことに安堵した。

アルテナは……腕を組んで背を向けている。自分もそうしたいだろうに、子供たちの前では自制心が働くところがいかにも騎士っぽい。

孤児院の廊下に面した一室。その扉の前にあたしともう一人、女の子が立っている。

中にいるイオリが出てくるのを待っているのだ。

「長いですね」

九歳なのに丁寧に敬語で話しかけてくる彼女――テウの頭には銀灰色に光る兎の耳がついていた。周囲に気を配るように、せわしなく動いている。

獣人種は「獣」とはいっても耳と尻尾を除いてあまり被毛がなく、外見的にも人間種と大差ない。

一点だけ生物学的な違いを挙げると、春と秋に耳と尻尾の毛更りがあることだ。毛更り自体は人間にもあるが、体毛が少ないため目立ちにくいあたしたちと違い、この時期は毛繕いが大変なのだそうだ。

「着るかどうか迷ってるんだと思うよ。結局は着るのにね」

「あ、出てくるみたいです」

部屋の中の音を耳聡く聞き取った彼女の言葉どおり、すぐに扉は枢を軋ませて開いた。

一瞬……、判別に困ったが目の前にいるのは間違いなくイオリだ。

彼が着ているのはヤサカさんの残した農作業用の服。泥だらけになった彼の姿を見たニーヤが貸してくれたのだ。

「どうですか？　お似合いですか？」

テウが閉じた目の代わりに耳をぴょんぴょん羽ばたかせ、興味深そうに訊いてきた。

彼女の見る世界は生まれてからずっと闇に閉ざされている。病気や事故が原因で光を失ったのではないから回復魔法でもどうにもならない。これまでの苦労は想像できないが、彼の姿が気になって仕方ない明るい言動で、決して不幸ばかりではなかったのだろうと思えた。

「うん、ぴったり」

よかった、と微笑んだ彼女はイオリのいる方向へ手を伸ばした。両手が上へ行ったり下へ行ったりしてなにかを探している。

「洗濯しますから、着ていた服を貸してください」

彼が服を一式、無言でテウへ突きつけると彼女は大事そうにそれを抱え込んだ。その拍子にシャツのボタンに指が触れ、きょとんとした表情を浮かべた。

「珍しいボタンですね。こんなの触ったの初めて……」

「ぷらすちっく」製とのことだがあたしの知識にもない素材だ。まぁ、イオリの世界のボタンだから当然なのだけど。

「あ、ここ、解れてます。ついでに縫っておきますね」

今までの戦いや旅で、目立たないまでも細かな傷や解れが彼の服にもできている。ここまで放置されていたのは、アルテナやあたしにそういう家庭的な家事能力が備わっていないせいだ。でも、あ

たしたちは戦う側の人間だから、彼にもそこのとこは大目に見てほしい。

「眼の見えないお前にできるのか？」

「はい。そんなに上手じゃないですが、ほかの子みたいに働けないのでこれくらいは……」

「あたしも手伝い――」

「お前は大好きな魔法の研究でもしておけ」

そう言い捨てると、イオリはあたしたちを残しさっさと行ってしまった。

取り付く島もない……。

ここに来るまでの道中で、アルテナと「剣や鎧にかける耐久力強化の魔法を服にかければ――」的な話をしたことがあった。この手の魔法は直接人体に施すと水分の吸収・蒸発とかいろいろ問題があるのがわかっている。じゃあ服に――となるのは至極当然で理解できる。でも費用対効果が悪すぎるのだ。結局、繊維の一本一本に魔法をかけるわけなので、そんな贅沢は王族にしかできない。

彼はそのことを言っているのかもしれない。それかもう一つの……。

「一緒に……します？」

黙り込んだあたしへの、テウの戸惑いぎみな気遣いが涙を誘う。


その夜、食堂の卓はいつになく賑わっていた。白パンが皿にうずたかく盛られていたからだ。いつもの一・五倍の高さがある。我先にとパンを掴み取る子供たちは皆笑顔で、口に一個、両手にも一個ずつという子もいた。

　どうしたのかとニーヤに訊いてみると、これが最後の白麦だという。最後なのでぱーっと使ってしまうことにしたのだそうだ。その感覚はあたしにもわかる。ぱーっと……いい響きだなー。

「でも、明日からどうするの？」

「黒パンで我慢にゃ」

「我慢って、黒パンも捨てたもんじゃありませんよ。水分が少なくて日保ちするので、旅に重宝します。燻したお肉やお野菜などの保存食にも合うし、ちょっと固めなのでよく噛むからお腹も膨れるし、いいことずくめです」

　そう黒パンを弁護してきたのはアルテナだ。判断の基準が旅前提になっているのはご愛敬だが、これは育ってきた土地による差が大きい。

　北方のエサーガ公国は黒麦で作る黒パン、南方のヒガツミ魔導王国は白麦で作る白パンを主食にしている。その差の原因は、六～八月にかけてエサーガ公国の北の森のさらに奥にある『ホークセシ山地』を越えて吹き付ける冷たく湿った北東の風――山背風にあった。日照不足と冷害に耐えるため、痩せた土地でも育つ黒麦が主食になっていったのだ。一方、より南にある王国はあまり冷害もなく温暖なほうなので白麦が豊富に採れる。

　イオリが初めて孤児院の白パンを食べた時、その美味しさに目を見開いたのをあたしは鮮明に覚えていた。それだけ公国の黒パンには飽きていたのだろう。

　しかし美味しいのは当然だ。ここでは白麦の中の部分だけ製粉して白いパンを作っているのだから。全部まとめて製粉すると黒っぽくなって味も舌触りも落ちてしまう。贅沢な話だが王国ではごく普通のことで――と、ここまで考え、一つ推論してみた。

エサーガ公国のミドウ・エサーガ公世子が偽光貨を造った目的の一つに、王国から白麦を買い入れることも含まれていたのではないだろうか。国力を魔力が封じられた光貨で測るこの世界では、魔法立国の王国を武術立国の公国が超えることは難しい。だから偽光貨を流通させて王国の力を削ぐという手段に出たのは、納得できないまでも理解はできる。ただそれだけでなく、本当に国民を豊かにしようと思っていたのだとしたら……。あくまでも可能性の一つであって、ヒガツミ魔導王国、エサーガ公国、神国オーベンザッカーの近隣三ヶ国の基軸通貨を偽造して混乱を引き起こしたことに変わりはない。それ以前に、あたしにとって大切なイオリやアルテナを殺そうとした彼の評価を変える気はこれっぽっちもないのだが。

「スープのお代わりいる人ー!?」

「「「「「は――――いっっっっ!!」」」」」

ニーヤの声に子供たちが手を挙げて応えた。ロブとテウだけじゃない、育ち盛りなのだからお代わりがいらない子なんて一人もいない。あたしも手を挙げようかと思ったが、イオリとアルテナは遠慮しているみたいなので、仕方ない我慢しよう……。

「知足安分か」

イオリがなにかよくわからないことを言っている。

「そうですね。不平不満ばかり言わず、今ある境遇に見合った生き方をする……。騎士をやっていると、こういう穏やかな生活があることを忘れがちですが、戒めないといけませんね」

不満があっても我慢しないといけないの？

それは賢いとは言えないんじゃないかなー、と思うあたしは会話に参加する糸口を見つけようと聞き耳を立てていたが、そこにニーヤが鍋を持って回ってきた。

「まだ残ってるから、飲みませんかにゃ？」

豚ばら肉の燻製が少しと畑で採れた芋がたくさん入ったスープ。柔らかくなるまで煮込まれた肉と野菜がとっても美味だ。もちろん飲むに決まっている。

そう伝えるとニーヤの尻尾がピンと垂直に立ち上がった。嬉しいという感情表現なので、やっぱり遠慮せずお代わりするべきだ。

お代わりついでに、あたしは気になっていたことを訊いてみた。

「明日から黒パンはいいけど、水車はどうなの？　水車番のおじさん、帰ったままなら製粉してもらえないんじゃない？」

「前、お金がある時にまとめて碾いてもらったにゃ。だから、しばらくは大丈夫にゃ」

水の力を使って水車で麦などを製粉するのは川が多く水の豊富な王国だと当たり前のことだ。といっても無料でということはなく、水車小屋を所有している領主――ここではミガッダ――に使用料を払わなければならない。こっそり使おうとしても領主に派遣された水車番が見張っている。

その水車番がいないのは、近くの川が汚れはじめたことが原因だ。汚れた水は粘度が高まり、流れが遅くなって澱んでいるらしい。そんな状態では水車も動かないので、ちょうど体調を崩していたこともあって水車番にも暇が出されたというわけだ。

自給自足に近い孤児院に現金収入を得る手段は限られている。ヤサカさんの残した蓄えなどで細々と生きていくにも限界がある。ただ、今朝一つの光明が見えた。イオリが一晩で耕した畑だ。ここに、水が少なくても栽培できる白麦の種を蒔けば、来年の六月には収穫ができる。水車の使用料はともかく、白麦を買わなくてすむのは大きい。

ちらっと彼を見ると無言で食後のお茶を飲んでいる。どこまで考えて畑を耕したのか、表情からは読み取れない。まー、このことだけでも居候分の仕事はしたのだから細かな詮索はよそう。

いつもどおりのイオリなのがあたしには嬉しい。

第二章　別れを呼ぶ紫炎

王暦二六七九年　～　一〇月一七日

明け方、まだリーリーリー、コロコロコロと虫がすだいている時分。秋も真っ直中で日の出も遅くなってきており、あたりはまだ昏い。

アルテナもリリリも寝ている時間だ。

庵が一人、外に出てきた。ヤサカの服はそのままに、手に木の器を持っている。すると、気配を察した子猫が一匹、孤児院の土台に空いた穴から這い出てきた。何週間か前から棲み着いている、ニーヤのお気に入りだ。

彼は足に纏わり付き「みーみー」鳴く子猫をそっと追いやるとしゃがみ込み、木の器を地面へ置いた。中には孤児院で飼っている山羊の乳が入っている。昨日はロブと俺の騒ぎに脅えて一日姿を見せなかったので酷く空腹なのだろう。子猫は一心不乱に舌を動かし、乳を舐めている。

やがて彼は立ち上がり、子猫を置いたまま畑のほうへ向かっていった。

途中で昨日も使った鍬を手に取ると棒術のように見事な棒捌きで数回転させ、肩に担いだ。この意気込み、もしさらに畑を広げるつもりなのだとしたら逆効果かもしれない。広すぎる耕地は子供たちだけでは維持できない。

不意に響いた鶏の鳴き声がついに夜のしじまを破った。

時を作り、陽が昇り、朝が来る。

皆が起きる時間だ。まずは顔を洗い、次に『ミガキグサ』で口をすっきりさせ、髪を整えたら「おはよう」の挨拶が交わされる。

× × ×

イオリは朝早くから、気になっていた大岩をどけるために畑仕事に出ていたようだった。

ニーヤとあたしが畑の際から眺めてみると、掘り起こされた岩があちこちに積まれている。まるで記念碑のようなので、何百年か経つとなにかの遺跡として再発見されるかもしれない。あたしがでたらめな魔法陣でも刻んでおけば、よりそれらしく見えるだろう。そう未来への悪戯を画策していると――

「水汲みに行ってきますねー！」

アルテナが水桶を片手に、孤児院の陰から手を振っている。側には水桶を抱えた子供がロブを入れて五人いるが、プレートメイルを身につけた完全装備の騎士が護衛するのだから心強い。この一週間、一度として魔物に襲われたことはなかったのだし、彼女も日課の型稽古を子供たちが水を汲んでいる最中におこなうことで時間を有効に使っており、なんの問題も起きていなかった。

残ったのはニーヤと最年少の人間種の子、それに眼の見えないテウの三人だ。そこにイオリとあたし。

「あのぉ……言いそびれていたことがあるにゃ……」

ニーヤが恐る恐る、こちらの機嫌を伺うように言葉を選んで話しかけてきた。なにか伝えづらいことでもあるらしい。長い髪束を一本ずつ手に持ってそわそわしている。しかも、尻尾は体に巻き付いている……。

「どうしたの？」

「リリリさんたちがここに来る前、ひと月は経ってないと思うにゃ……。子供たちが西から東へ飛んでく大きな影を見たらしいにゃ」

「大きな影だと」

いつの間にか畑から戻ってきていたイオリの言葉に殺気が混じり、「にゃっ⁉」っと彼女の顔から一瞬で血の気が引いた。こんな殺気を当てられたのはたぶん生まれて初めてのことだろう。尻尾の毛が逆立っている。

「どうして今まで黙っていた」

「そ……それからは同じようなこと起きてないから……。でも、今日はなんだか嫌な感じがするにゃ……」

殺気は消えていたがニーヤの顔は強ばったままだ。

「ワイバーンみたいに空飛ぶ魔物もいるからね。そんな珍しいことじゃないよ」

――と、あたしは彼女を安心させようとしてみるが、内心考えていたのは別のことだ。恐らくイオリと同じ、焔竜アリギエーリの遺した三大竜王という存在のこと。アリギエーリの言うとおりであればあと二匹もドラゴンが残っていることになる。

「それにアルテナもついてるし」

あたしのニーヤへの気配りに彼は気づいているようで、なにも言わず畑へ戻っていった。

それはそれで不思議でもなんでもない。彼は人間でありながら伝説のドラゴンを斃した男なのだから。

来る時は来る。来たら迎え撃ち、斃せばいいだけのこと。そう考えるイオリが今打ち込んでいることは畑仕事。芋の収穫だ。
鍬を放り出し――
両の爪を掲げ――

地面に突き立て――

土を掘り返す――

そして、芋の根を掴むと一気に――

ずるっ、ずるずるっ、ずるるるるぅ〜〜〜っ!!!!

鈴生りになった芋が地面から引きずり出され、太陽の下に晒された。

袖で汗を拭うイオリの表情も心なしか満足げだ。

彼のいた世界ではサツマイモという品種に似ているらしいこの芋。スープにも合うが、蒸かしたり石で焼いたりすると特に絶品なのだ。なぜ知っているのかというと、まさに今あたしが食べているから。

「甘くておいひぃねー。イオリが収穫してくれたからだよー、きっと」

……返事はない。

お世辞の一つも通じない彼は、ひと息ついて秋の空を見上げている。その格好が農夫姿でも様になっているのが信じられない。

空気が澄んでいて、高く見える空。うろこ雲が広がり、秋が深まっているのを実感できる。雲は薄く、太陽の光が透けるので明るい雰囲気があたしを清々しい気分にしてくれた。

鳥が舞い、「ポ――……ピ――……」と仲間を喚ぶ。

何度繰り返しても、あたしは秋という季節が好きだ。

「イオリの世界では、天高く馬肥ゆる秋って言うんだっけ……。いい季節だよねー」

「肥えるのが馬だけだと思うなよ」

「んぐッ⁉」

あたしは焼き芋を喉に詰まらせかけた。

「けほけほけほ……ッ！　そ、それってあたしが太ったってこと……？？」

胸を叩きながら涙目で尋ねているのに彼は無視だ。

アルテナも言っていたが、自分の言いたいことだけ言ってそれへの反応には無関心というのが彼の基本姿勢だ。でもちょっと思ったのは、本来の彼は人付き合いが苦手なのに周囲との関係を円滑にするため普段から無理をしている人間なのでは、ということ。ぶっきらぼうで意思の伝達が不十分なのが、それを隠すための演技だったら？

そうしてみると年上でも可愛く思えてくるし、むきになって反論するのも大人げない気がする。

「返事がない……。でもねー、こんなのんびりした田舎生活じゃあ、太っちゃうのもしょーがないよ。あたしのことじゃなくて一般論でね」

「お前だけミクニへ帰ってもいいんだぞ」

「うちの国は広いだけで、王都だろうとどこも田舎だから気にしなくていいよ」

「そうじゃない。卒業証書のことだ」

へー……、とあたしは少し驚いた。イオリはあたしの卒業のことを覚えていたんだ。

今からちょうど三〇日前、あたしは超級魔法使い養成学校の卒業式で校舎を木っ端微塵に爆破してしまっていた。そんなこともあって卒業証書は魔法で校舎を復元するまでお預けになっている。

ということで、正確にはあたしはまだ学校を卒業できていないのだ。ただ、もう復元の目処は立っているのでいつ受け取りに行ってもいいといえばいい。

「世の中には留年を繰り返し、卒業できないのは自分のせいじゃないと責任転嫁する奴もいる」

「あたしのは責任転嫁じゃないもん」

こんな風に毎日をゆったり過ごすのも悪くない。今までとは逆方向の生き方だけど、これはこれで……、そう思っていた。

アルテナが帰ってくるまでは――

「――――っ‼」

遠くで声が聞こえる。

子供たちの悲鳴も混じっている。

よくないことが起きた、と直感に頼らずともわかる。

「イオリッ！」

あたしが名を呼ぶ頃にはもう彼の姿は消えていた。

裏の畑から孤児院の前にある広場まで戻ると、アルテナと子供たちが駆けてくるのがはっきりと視認できた。足の遅い子供に合わせて走る彼女はとてもつらそうに見える。理由はそれだけではなかった。背中に一番小さな子を背負っているからだ。

追いすがるのは二匹の『緋熊』だ。緋色の体毛とアルテナの二倍はある体躯。鈍重なのだけが幸いしているが並の剣士が戦えば力負けしてしまう、熊のような獣型の魔物だ。でも生息域はもっと山の奥、こんな場所に出没するなんて聞いたことがない。

森に棲む魔物には『餓狼』のような狼種もいる。常に餓えに苛まれている凶暴な狼だが緋熊に比べればはるかにましだ。だから、なんでよりによってこの魔物が、という思いが生まれてくる。

アルテナの目は紅いものの瞳孔は丸いままで、オロチの呪縛による『血の暴走』のようなものは起きていない。今の彼女の戦闘力なら緋熊相手でもなにも問題ない。問題は敵が複数いて、さらに子供たちを護りながらだということだ。

分が悪すぎる。

森で木の実が落ちると、鳥は眼で見てそれを知り、兎は耳で聴きそれを知り、熊は鼻で嗅ぎそれを知る、という話を聞いたことがある。緋熊は人間の約二〇〇〇倍も嗅覚が優れているらしいので上手い喩えだ。そして、木に登るのもダメ、死んだ振りもダメ、本来なら走って逃げることもダメなのだから遭遇したら一巻の終わりだ。

眼も耳も鼻もいい獣人種の子供たちが緋熊の接近に気づかなかったのは、アルテナが側にいて安心しきっていたからかもしれない。

井戸が離れているせいでこんなことに……。

そんなあたしの逡巡をよそに、イオリは臆することなく緋熊へ大股で向かっていた。

「魔法使い。得意の魔法でガキ共を護ってやれ」

彼の言葉であたしの頭も超級魔法少女リリリに切り替わる。

光貨の入った巾着を身につけておいてよかった。

「よゆうッチ！」

親指を立て、任せてと合図を送ったあたしは、魔法に集中するために目の周りを覆う鼻高の仮面――イオリ曰く「まるで天狗」だそうだ――を被った。魔法使いは皆、身につけると集中力の高まるものをなにかしら持っている。護身用にと杖を選ぶ者が多いが、あたしの場合は父上からもらった仮面がそれだ。

とにかくまずは呪文の詠唱だ。

孤児院の玄関に陣取ったあたしは右手で巾着を探ると、光貨を一枚取り出しそのまま前へ突き出した。

続いて、下↓左下↓左横へ手と腕を動かし結印する。

すかさず拳を強く握り光貨を砕く。と、中に封じ込められていた魔力があたしを取り巻くように拡散し、緑色の極光が踊りはじめた。輝きの強さから魔力純度の高さがわかる。

それもそのはず、アリギエーリのいた『光石鉱山』からかっぱら――もとい、落ちていたものを拾ってきたので偽光貨の心配はない。守銭奴と言うなかれ。魔法とお金は切っても切れない関係にあるのだ。

「魔を束ねし弦――」

呪文詠唱を開始したあたしの目の前に、魔力へ実体を与えるための大きな魔法陣が描かれはじめた。術式と呼ばれるもの――謎の文字や図形など――が展開していく。

「ソー――」

一般的に防御系の魔法は効力の割に詠唱時間が長いので、使いこなすのが難しいと言われている。

「ヨー――」

ところがどっこい、あたしにかかればそんな欠点はないも同然。

魔法陣は迅速に組み替えられ、別の魔法陣へと変化していく。

「ワー――」

事前に呪文の一部を圧縮しておく『積層詠唱』！

複雑な術式が青白く光り、魔法発動の準備は整った。

「『プロト・エクト・アイオーン』！」

魔法名の詠唱が完了すると、直ちにあたしの前方で魔力障壁――丸みを帯びた薄い空間の歪み――が広がる。これで何人といえども孤児院へ踏み込むことはできない。

「わあ、綺麗にゃ！」

いきなり後ろからこの場に相応しくない台詞が聞こえたかと思うと、ニーヤがひょこっと顔を突き出してきた。

確かに魔力障壁の端はちりちりと光り輝き、景色も揺らめいているので綺麗に見える。でも今は好奇心を発揮してもいい時じゃない。こっちはあなたたちを護ろうとしているのだから。

「これが魔法にゃ!?　凄いにゃ――」

無邪気に喜んでいた顔が、急に引きつった笑みで固まった。こちらに向かって来る緋熊を目にしてしまったからだ。

「ふにゃあああああああっ!!!!」

子供たちが追われていることにも気づき、悲鳴が上がる。

『虎狼焔』でイオリを援護しようと思ったのに、気が動転したニーヤをなだめるのに一杯でそんな余裕がない。

「グマァアアアアアッ!!」

緋熊は無防備に歩いてくるイオリに標的を変え、まず一匹が躍りかかっていった。体重差から見ても普通に戦っていては押し潰されてしまう。

しかし彼は振り下ろされる必殺の爪をするりとかいくぐり懐に潜り込むと、胸ぐらの毛を右手でむんずと掴み――

「破哈っ！」

――大きく腕を振って、片手一本で後ろへ投げ飛ばした。

この投げ技、もの凄く既視感がある……。

確か……『屑風』。

シエサーガを出立してすぐ、アルテナとあたしがゴミ屑のように容赦なく投げ捨てられた技だ。

違うのは、この技がこれで終わりではなかったことだ。

彼はまたもや緋熊の懐に潜り込むと『九式』と呼ばれる拳打を腹部に叩き込み、再び胸ぐらの毛を、今度は左手で掴んで『屑風』を放った。右手でも左手でも繰り出せる技だからこそ、アルテナとあたしを同時に投げ飛ばせたのか……と、変なところに感心してしまう。

感心している間、緋熊は何度も何度も『九式』と『屑風』を喰らい続け、見ているだけのあたしにも目を回しているのがわかった。矢継ぎ早に技を喰らっているため、主導権を取り戻す暇がまるでない。

「ホッ！」

彼もようやくとどめを刺す気になったようで、低い姿勢からの右拳が毛深い鳩尾にめり込んだ。

「フッ！」

衝撃で仰け反った緋熊は無防備の顎に左拳を喰らい、巨体が浮き上がる。

三段の連続技『百弐拾七式・葵花』の最後は低く跳び上がって、組んだ両拳を空中の敵の後頭部へ叩きつける容赦のない一撃。

「ハアッ‼」

ばきょっ、という背筋も凍るような音が響き、緋熊の頭が地面へめり込む。

体が痙攣しているが、それもすぐに止まってしまった。

絶命したのだ。

この様子を見ていたもう一匹の緋熊は怯むどころか敵意を剥き出しにして、イオリへ突進していった。アルテナや子供たちのことはもうどうでもよくなったようだ。

この隙にアルテナは子供たちをまとめ、魔力障壁の内側へ滑りこんできた。

「怪我は⁉」

「皆、大丈夫です！」

傷はなくても子供たちは誰もが脅えていた。

そんななかでもニーヤは緋熊にではなくイオリに脅えていた。

「あ……あれが……イオリ……兄さん………？」

誤解を受けるような言動が目立つ彼だったが、さすがに孤児院で敵意を露わにすることはなかった。するような事態が起きていなかったからではあるが、とりあえず「なんか怖いお兄さん」という立場に収まっていた。

それがこの一件で覆されてしまった。

だが彼には自分への評価などお構いなしだ。来る敵は迎え撃つだけなのだから。

目前に迫った緋熊がイオリの眼力に一瞬だけ怯んだ様子を見せるが、そんなものには一切の興味を示さず炎を放った。

「どうしたァッ！」

右手を下方から内側に払うと地面に紫色の炎が生じ、表土を焦がす。

至近距離だったため炎の発生とほぼ同時に緋熊の体が燃え上がった。

全身の体毛を炎が這い回り、紫色に塗り込められた獣が耳を覆いたくなるような叫び声を上げて踊り狂う。

やがてなんの前触れもなく緋熊は倒れ伏した。『百八式・闇払い』が周囲の酸素をすべて燃焼し、窒息死させたからだ。が、イオリの着ていた服も燃え落ち、上半身が裸になっている。これには彼自身もいぶかしく思っているようで、黙って自分の手に視線を注いでいる。

今の『闇払い』、これまでの同じ技とは明らかな違いがあった。緋熊の体毛に燃え移る前から炎の膨(ふく)れ上がり方が異常だったのだ。

「あ……あなたたち、いったいなんなんですにゃ⁉」

ニーヤの脅えは全員に伝染していた。

緋熊ではなくイオリに対する脅えとして。

彼女は、イオリを含(ふく)めあたしたちがなにをしてきた人間なのかまったく知らない。なにも訊(き)こうとせず、ただ善意で逗留(とうりゅう)させてくれていた。

彼女たちにいらぬ心配をかけないように——というのは詭弁(きべん)だが、あたしたちが真実を話さないことで甘えていたのは間違いない。

「呪文を唱えないで火を出すにゃんて、まるで——」

ニーヤは自分が口に出そうとしていた言葉に気づき、禁句だというように呑(の)み込んだ。震(ふる)えているのがわかる。

「ヤサカ兄ちゃんから聞ぃたことあるわ……」

ロブが彼女の袖を引っ張り、臆することなく続きを喋(しゃべ)った。

「月蝕(げっしょく)の日ぃに魔王がやって来るって」

子供たちが口々に「魔王?」と不安の声を上げる。

慎(つつ)ましく平和な孤児院を襲った突然(とつぜん)の嵐(あらし)……。

魔王というのは、異世界から転移してきた人間がこの世界の常識では異能に思える力を発揮したのを目撃(もくげき)されて、そう呼ばれるようになった、と今のアルテナやあたしは考えている。『去来今(きょらいこん)』の逸文(いつぶん)を遺したエル・エーン・ケリもそんな様子を見たのではないだろうか。

だからニーヤがそう思っていても、あたしには否定できない。

「出てけや魔王‼」

あたしがこの場をどう収拾するか悩(なや)んでいると、止める間もなくロブがイオリに石を投げつけてしまった。

石は背中に当たり、気づいた彼も振り返る。顔にはなんの表情も浮かんでいない。

「ここは絶対渡(わた)さへんからなーっ‼　出てかへんのやったら出てくまで、そこら中で派手にやったる！」

石を拾っては投げ、拾っては投げするロブをアルテナは抱(だ)きしめて止めるが、その都度必死に振りほどき決してやめようとしない。

「イオリは魔王なんかじゃありませんよ！　だってほら、皆を護って――」

彼女の説得が終わるのを待たず、イオリはロブの前に立った。

彼の紅い瞳(ひとみ)に射(い)すくめられるロブだったが負けじと睨(にら)み返す。それでもニーヤもロブも尻尾を体に巻き付け、恐怖(きょうふ)を感じているのがわかる。攻撃(こうげき)的に見えてもそれは虚勢(きょせい)なのだ。

いくらなんでも子供に対して暴力は振るわないだろう……とは思うが、ちょっと自信がない。

イオリはロブの襟(えり)を掴むと、片手で軽々と吊(つる)し上げてしまった。

ロブが苦しそうにじたばたと足を動かし、抵抗(ていこう)している。

「く……っ、ぐぅ……っ」

ロブの顔は真っ赤だ。

「イオリッ！」

「やめてください！」

あたしとアルテナが同時に叫ぶ。

が、言葉は届かず、それどころかロブを吊し上げたまま嗤(わら)いはじめてしまった。

「クックックッ……」

左手で額を押さえ高らかに嗤う姿は、周りのことなぞお構いなしに見える。

「フハハハハ……」

「ハーッハッハッハッ‼」

嗤うだけ嗤うとロブから手を放し、イオリは孤児院の中に消えていった。

なにに対しての嗤いだったのかは彼にしかわからないが、その姿はあたしたちの穏(おだ)やかな時間の終わりを告げていた。

×　×　×

王暦二六七九年　～　一〇月一八日

まだ日の出には早い夜明け前、いつもの服にマントを羽織った庵が静かに玄関の扉を開け、出てきた。

孤児院に機械式の時計はないため、だいたいの時刻は日時計で判断している。その日時計も夜の底では役に立たない。そんな時刻だった。

昨日と同じように子猫が一匹、彼の許へやってきた。彼も昨日と同じように木の器を置き、山羊の乳を与える。

子猫は「にー」とひと鳴きし、器へ顔を埋めた。

彼が子猫に乳を与えるのはこれでまだ二回目。役目が決まっていたわけではないが、結果的にこれが最後になる。別れでも告げるように細い背中を軽く撫で、立ち上がった。

そのまま去ろうとした彼だったが背後に気配を感じ振り向くと、そこには意図していない者の姿があった。

「行くんですか?」

テウだ。

「留まる理由はない」

こんな状況でも、珍しく庵が会話を成り立たせている。

テウが彼に対してまったく恐れを抱いていないのが伝わっているからだろうか。眼の見えない彼女が彼の本質を一番穿っているのだとしたら……。

「お前は裁縫が下手だな」

「……ごめんなさい」

言葉どおり、上手かと言われるとそうでもない。縫い目の間隔はばらばらで糸の始末も凸凹している。それでも彼に不満げな様子はなかった。

「また頼むかもしれん。練習しておけ」

「は、はいっ」

テウは嬉しそうに応え、大きく頷いた。

たとえお世辞だったとしても、二度と会うことがなかったとしても、彼女に一つの目標が生まれた。それはきっといつかどこかで誰かのために役立つだろう。その時、彼女は俺の言葉を思い出すのかもしれない。

「早く大人になれ」

次に俺が口にした言葉はテウへ投げかけたものにしてはおかしい。だが彼はこれっきり喋ることもなく、振り返ることもなく、孤児院をあとにした。

彼の姿が闇に溶け込んで見えなくなってもしばらく、テウはその場で見送っていた。

そしてようやく――

「もう出てきたら？」と建物の暗がりに向けて話しかけた。

おどおどと出てきたのはロブだった。

文句の一つも言ってやろうと、早めに起きてこっそり待ち受けていたのだ。

拳を二つ、胸のあたりで握りしめているが、顔には牙を抜かれた虎のような表情が表れている。

庵の言葉はロブに向けられたものだった。

短いひと言にいくつもの意味が込められていることに、やがて気づく時がくるはずだ。

今はまだ、尻尾の先のみがピクピクと振られているだけでも。

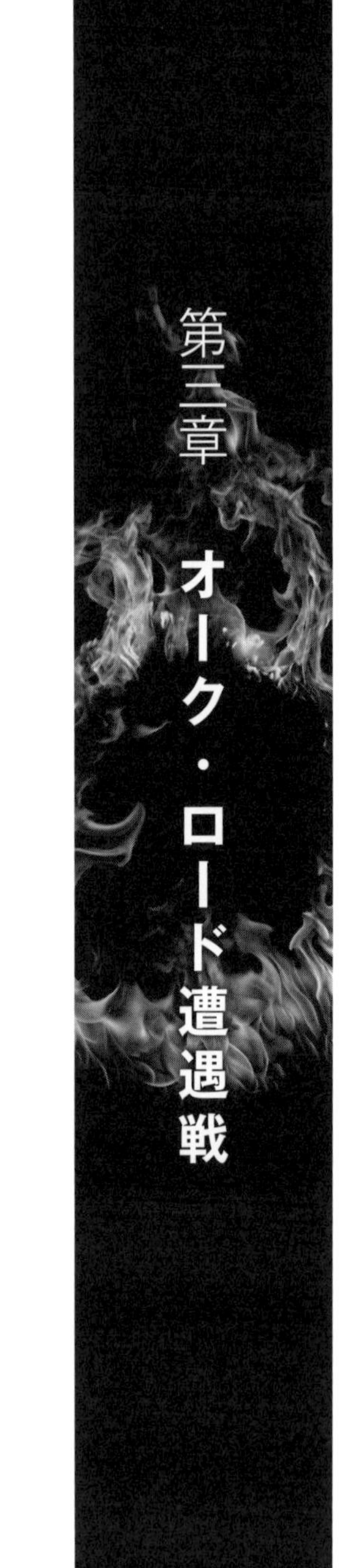

第二章　オーク・ロード遭遇戦

西ナーカジ地方をヨード川に沿って東西へ伸びる道がゴゴウ街道だ。東の始発点が王都ミクニ、西の終着点が『ナンコウ』という港町になる。孤児院はそのゴゴウ街道が、エサーガ公国へ向かうヒザシ街道と合流するあたりにあった。

庵は孤児院へ通じるゴゴウ街道の脇道から本街道へ入り、ヒザシ街道との合流点へ向けて歩いていた。

ゴゴウ街道は別名『街道の女王』と呼ばれ、国民から親しまれている美しい道だ。とてもよく整備されており、硬く丈夫な玄武岩が敷き詰められているので雨の日も困らない。逆にヒザシ街道は、そこそこ整備が進んでいるとはいえ、雨が降ると利用を躊躇ってしまうほどぬかるむ場所が今なおいくつも残っていた。

西の空はまだ闇の色が濃いが、東の山の端はだんだん明るくなってきている。

合流点にある大きな石積みの道標の輪郭が見えてきた。川霧が発生して濃霧となることもあるため、ここには位置を報せる霧鐘が取り付けられている。

その道標の陰から、ぬっと二つの人影が現れた。

× × ×

「どこへ行くんですか?」

「独りでだなんて、水臭いよ」

この二人、間違っても野盗じゃない。

アルテナとあたしだ。

イオリの考えそうなことはだいたい察しがつくようになってきたあたしたちは、先回りをして待っていたのだ。エサーガ公国に戻るにせよ、もう一度ミクニへ行くにせよ、必ずここは通ることになるので目星はつけやすかった。

「そこそこ優秀な騎士と天才魔法少女のご入り用は?」

アルテナはバスタードソードとプレートメイルで武装し、肩に雑嚢を掛けている。あたしの荷物も入れてもらっているのだけは悪いなぁと思うが、完全に旅支度の様相だ。

そういうあたしもあたしで『エクセルシア・マント』を纏って準備は完璧。普通は、兜が被れない時に鎧の上から身につけるためのマントだけど、頭を魔法攻撃から護る絶対防御結界が売りなのであたしの旅には欠かせない。あと、孤児院では子供たちが面白がって取ろうとするので外していた真珠のイヤリングを、改めてつけておいた。

さあ、あたしたちがなにがなんでも同行する気なのは伝わっただろう。

「俺の旅の目的は京を捜すことだ。どこへ行こうがいちいちお前たちに報告する必要はない」

「そんなことを言って、本当は『マミナ村』へ行くんですよね？」

マミナ村――ゴゴウ街道でミクニへ向かう途中にあるエルフの村で、領主のミガッダが住んでいる。

「イオリが孤児院から姿を消すのは確実だ。じゃあ次にどうするか？　ミガッダは王国議会の議員でもあるから、孤児院の窮状を訴えられたら無視できないはず。なら、きっとナンコウじゃなく、そっちに行く」――これがあたしたちの出した結論だ。

「なんのことだ」

「そもそもですよ、子供だけの孤児院をここまで無策で放置したこと自体があり得ない！」

イオリはとぼけるがアルテナは怒っている。

あたしたちも孤児院への扱いには内心、腹に据えかねていた。こういう時に発揮される彼女の正義感は凄く好きだ。

「そーそー！　いい返事がもらえなかったら、とっちめよお〜！」

「お前ら、なにをしに行く気だ」

「なにって、直談判です。イオリもそのつもりなのでは？」

「フン……。ヤサカという男、善人かもしれんが手の施しようのない馬鹿だ」

えー……？

「大方、正論だけを押し通して領主の恨みを買ったのだろう」

あー……、そうか。

「その尻拭いを俺がする義理なんぞ、どこにある」

これはあれだ。

不機嫌そうに見えるけど、それは図星だったからだ。

思惑とか心情とか過程はともかく、やってることは勇者と呼ばれる人間のそれに近いところがあるので、彼の言うことを額面どおり捉えるとろくな結果にならない。悪くすれば燃やされる。危うく引っかかるところだった。

「善意だけで世の中が回れば苦労はないですが、とりあえず行くだけ行ってみましょう。領主ともあればいろいろな情報を持っていそうですし」

イオリがこの異世界で自暴自棄にならず生きていられるたった一つの理由は、宿敵のクサナギ・キョウも同じように転移してきているのではないか――という希望があるからだ。紫色の炎を使う魔王が現れたと触れが出たのなら、きっとキョウも自分を捜すだろうという自負が彼を後押ししている。

なら、その希望を支えつつ、新しい情報が得られそうな場所へ向かう。

アルテナも彼への寄り添い方を心得てきている。

「……どこに行こうとお前らの勝手だ。だが、あそこはどうする」

あそことは孤児院のことだろう。

独りでさっさと行ってしまうくせに気にはかけているのが天邪鬼すぎる。

あたしは、わずかでもあの子たちの助けになるよう、水を生む魔法でお風呂を満たしてきたことを伝えた。

それでもロブは、これでしばらくは水汲みごとに遠出しなくてもすむ。

それでもロブは、挨拶もせずいなくなったあたしを許してはくれないだろうが……。

「しみったれたお前が殊勝なことだ」

「はいはい、あたしはケチですよー。でもイオリ、あなたの財布は？」

「……知らん」

なくした、すられた、とは言えまい。昨日の夜、あたしは見ていた。皆が寝静まったあと、彼が食堂の卓の上に財布を「置き忘れた」ことを。

アリギエーリを斃した報奨金が全部入っているので金額はかなりのものだと思う。あの八名が生きていくには十分な額だ。

「また稼げばいい」

「あ〜、私もなくしちゃいました〜、お財布〜」

アルテナが笑っているが、ここにもお人好しがいた！

このなかで一番しっかりしていないといけないのは、あなたでしょうに。

「ちょっと……。三人もいるのにお金持ってるの、あたしだけってこと？」

これまで貧乏はあたしの専売特許みたいなものだった。魔法使いだから。

それが今日から、皆があたしの懐を当てにするの……？

魔法を使う時、細かい金勘定をしながらだなんて――

「信じらんないッ!!」

遠く街道の先、イクマー山地の山肌が紅葉で真っ赤に染まり、まるで燃えているようだ。

四時の移ろいを感じさせる色が里に降りてくるまでには、まだひと月くらいかかるだろう。

あたしのお金はそれまで保つのか……!?

×　×　×

ヨード川に架かる橋を渡り南へ下ると、そこがマミナ村だ。ゴゴウ街道に面しているので宿場町のような発展の仕方をしている。それでも数分も歩けば通り抜けられてしまう小さな村。

あたしたちはマミナ村を見下ろせる丘の上までやって来ていた。

日没直後の薄明のなか、沈んだ太陽が名残惜しげに西の空を橙色に照らしている。残照は遠くにある雲にさえぎられ、青い筋を影絵のように伸ばしていた。

マミナ村では日暮れを迎え、たくさんの篝火が焚かれているようだった。決して多くはない旅人を迎える準備をしているのだろう。……それにしてはかなり派手な雰囲気だが。

「収穫祭でもやってるのかな？」

収穫祭という名の秋祭りなら、どの村でも必ずおこなわれる。豊穣を悦び天の恵みに感謝する行事なので欠かすことはできない。

「それなら美味しいものにありつけそうですね。今夜はゆっくりして、領主のところへ行くのは明日にしましょう」

「節約しなきゃなんないんだから、お酒は一杯だけねッ」

「……呑んでいいんですか⁉」

アルテナの顔が明るくなった。

これは……ちゃんと見張っておかないとまずい兆候かもしれない……。

彼女、騎士のくせに酒癖はあまりよくない。あたしもそんなに人のことは言えないが彼女ほどじゃないと思っているので、今夜は注意しておかなければ。


近づいたことで、ようやくマミナ村を照らし出す炎の勢いが普通ではないことがわかってきた。

篝火なんかじゃない。

収穫祭でもない。

これは火事だ！

慌てて村の入口まで駆けつけたあたしたちも呆然と立ちつくすしかなかった。ほとんどの家が焼け落ちつつある。

エルフは出自を森に持つ種族なのでどうしても木造りの建物を好む傾向にある。それが裏目に出てしまったのだ。

でも、なにか変だ。

村人総出で消火に当たっていてもおかしくないのに、人っ子一人見当たらない。

最後にこの村を通った時、確かにエルフたちはいた。まさかあれがすべて幻だったとは思えない。

がらがらがらっ、と隣の家が崩れ落ちた。

炎の奥に人影が見える——

エルフ——ではない……。

やたらと図体が大きく、鈍色の皮膚が炎の照り返しを受けててらてらと光っていた。

あたしたち三人はこの生き物を見たことがある。

猪のような牙に突き出た鼻を備えた醜悪で野蛮な魔物。

オークだ！

「ほう……、この村はオークに焼かれたということか」

問答無用で戦闘になることが明らかなのでイオリの理解が早いのは助かる。

アルテナはさすが騎士、既にバスタードソードを抜いて臨戦態勢に入っていた。

あたしも仮面を被り、巾着に手を突っ込んで待機するが、その間にも通りの角や燃え残った家からぞろぞろとオークが出てきて包囲網を作りつつあった。

でも、だからどうした、だ。
一、二、三、四、五……。うん、たかだか六匹(ぴき)のオークなら一分以内で片がつく。
一人頭二匹として『虎狼焔(ころうえん)』二発だから光貨(こうか)二枚かぁ……、財布担当としては痛いなー。

などと思っていると、アルテナが肩を寄せ小声で話しかけてきた。

「気づいてますか？　このオーク、皆同じ斧(おの)を持ってます」

「うん、それにこの闇雲(やみくも)に襲(おそ)ってこない統率(とうそつ)の取れた動き。なにか指示を待ってるような……。これ、指揮官がいるね」

額に紋章(もんしょう)は刻まれていない。ということは、以前戦ったオークと違(ちが)い、禁呪(きんじゅ)で使役(しえき)されているわけではなさそうだ。

「魔物風情(ふぜい)ですら軍隊気取りか。フン……、ならばすべからく俺が殺す」

「村人の安否確認(かくにん)はそのあと、ですね」

「……たぶんだけど、それは心配しなくて大丈夫(だいじょうぶ)。エルフは隠形(おんぎょう)が得意だから簡単には捕(つか)まらないよ」

イオリがさっと周囲を見回した。

「死体の一つも転がっていないのはそういうことか。弱者らしい身の丈(たけ)に合った能力だ」

口の悪さは時と場所を選ばないんだから……。

と抗議(こうぎ)しようと思ったところでアルテナが小さく「あっ」と漏(も)らし、指を差した。

イオリも気づいたようだ。

「逃(に)げ足が速いんじゃなかったのか？」

指の向こう、大通りの奥に人影――今度は本当に人の形をした影(かげ)が見えた。

必死で走っているのがわかる。

とても短い股下(またした)丈のズボンと黒いタイツをはいた少年だ。アルテナやあたしと同じくらいの年齢(ねんれい)に見える。

それに短めの金髪(きんぱつ)と長い耳――エルフだった。

イオリは前にゴブリンからエルフの幼女を助けたことがある。金髪と長い耳で見分けがつくようになっていてもおかしくない。

さらにその奥にはオークが二匹と、鎧を身につけた一回り以上大きな体躯(たいく)のオークが一匹。

狩(か)りでも愉(たの)しんでいるように見える。事実そうなのだろう、二匹のオークの手には見たこともない器械式の弓――仮に十字弓(クロスボウ)としよう――が握(にぎ)られていた。

十字弓から矢が放たれ、少年の足許に刺(さ)さる。

足を狙(ねら)っている？

違う。

オークは「ブヒブヒヒヒッ」「オークックックックッ」と大声で囃(はや)し立てるように嗤(わら)っていた。

矢は何本も放たれ、その度(たび)に少年の進行方向が変わっている。

わざと当てていないのだ。

逃げる獲物(えもの)をいたぶっているにすぎなかった。

「殺すなよ」

オークが喋った……⁉

「エルフの女には飽きちまった」

この一番大きなオークは、知能が非常に高い突然変異種——オーク・ロード？

あたしも見るのは初めての、人語を解す手強い魔物だ。

オークの動きは遅いが歩幅が広いのでエルフの少年は今にも追いつかれそうになっている。

「男はさて孕むかなあ？　ブップップッ……」

鳥肌が……立った。

これがオークという種の恐ろしいところだ。

オークには雌がいない。じゃあどうやって繁殖するのかといえば、他の種族の雌の胎を借りるのだ。エルフでも人間でも女——雌ならなんでもいい。無節操に交配可能な生殖能力はオークにとってはなににも勝る攻撃力で、あたしたちにとってはなににも勝る脅威となる。

もし自分が……と想像すると吐き気がするのに、それが雄——少年を襲うだなんて趣味が悪いにもほどがある。

少年は走りながら腰の巾着を探っている。が、残酷なことに光貨は尽きているらしい。魔法に秀でたエルフといえど光貨がなければ魔法は使えない。

しかし少年は急に逃げるのをやめ振り返ると、迫るオークに対し果敢にも身構えた。

両腕を高く掲げ、左脚を前に出し心持ち浮かせている。

格闘術の経験があるように見えるが、果たしてオークに通用するか……。

オークのほうも面白がり、追いかけるのも矢を射かけるのもやめ様子を見ている。

少年はおもむろに、前進し↓そのまま前進しつつしゃがみ↓前進をやめ↓しゃがみつつあとずさりに転じ↓再び立ち上がると、足を強くその場に踏みしめた。

奥義の所作だ。

あたしたちの世界では奥義に類する技を発動させるには、必ず技ごとに特有の動作が必要になる。この世界の理なので仕方がないが、異世界から来たイオリには適用されない。所作なしで奥義や炎が繰り出せるのは凄くズルい。

しかしこの状況でこの所作は、長い……。

「竜巻蹴り！」

技が先か叫ぶのが先か、少年がオーク・ロードへ高い軌道の跳び回し蹴りを放った。

一発目は命中！

そのまま空中で器用に身を翻し、逆の脚で後ろ回し蹴りを繰り出す。

しかしオーク・ロードに二発目は通じなかった。

軽々と蹴り脚を掴み、少年を宙吊りにしてしまった。

どうしよう、とイオリを見るとなにかを考えるように黙りこくっている。

（なるほどな……、足技は奥義発動の前に足を踏みしめるか。手技が拳を握りしめるのと対照的だ）

アルテナのほうは剣の柄と鞘に手を添え、既に一歩踏み出していた。

「放っておけ。時と場合を考えず、空振ると反撃必至の大技を使う奴だ。ここで助かってもいずれ死ぬ」

にべもない評価にアルテナが憤慨する。

「なっ……なんてことを!! あれはオーク・ロードなんですよ!?」

アルテナは以前オーク・ロードと戦ったことがあると言っていた。

だから危険性を十分承知しているのだ。

「うあああぁぁぁっ！」

イオリとアルテナが言い争いをしている間に少年は地面へ叩きつけられ、悲鳴を上げた。

高価そうなシャツが肩から胸にかけて大きく裂けてしまっている。

ぐったりした様子で、気を失っているようだ。

「止めても行きます！」

アルテナが近くのオークたちを放置したまま、オーク・ロードへ向かって走り出した。

一気に距離を詰め、跳び上がると体重を乗せて兜の隙間から顔面に斬りつける。

がいーん、と金属と金属の打ち合う音が響き、剣が弾かれた。

オーク・ロードは、ついと体を傾け斬撃を鎧で受け止めていた。

兜と一体になった鎧の肩当ては頑丈だ。剣をまともに喰らったのに凹んでいるだけだった。

その兜の下でオーク・ロードが嗤う。

「兄者の戦槌でも持ってこねえと勝てねえぞ、女」

嗤った顔はどこまでも真っ黒だった。ここまで黒いオークは極(きわ)めて珍(めずら)しい。オークにしろオーク・ロードにしろ肌(はだ)は鈍色と相場が決まっている。

黒い皮膚にぽつんと空いた黄色い穴のように見える瞳(ひとみ)が爛々(らんらん)と輝(かがや)き、アルテナを射る。

直後、右手に握った巨大(きょだい)な戦斧(せんぷ)を高く掲げ、従えたオークたちに攻撃を命じた。

「ブオオオオオォォォクッ‼」

指示を待っていたように見えたオークたちが動き出す。

目標はもちろんあたしたちだ。

一方、オーク・ロードは掲げた戦斧をそのまま振り下ろし、アルテナを一刀両断にしようとした。

しかし彼女は頭上から迫る斧刃(ふじん)をぎりぎりでかわし、軽く後方に跳ぶ。

地面に打ち込まれた戦斧は刃先(はさき)どころか斧腹まで埋(う)まりかけていた。

膂力(りょりょく)と長い柄から生まれる遠心力に任せた粗暴(そぼう)な攻撃だが、なんという威力(いりょく)だろう。

再びオーク・ロードが戦斧を振るうとアルテナは同じように後方へ跳ぶ。

まともに戦おうという気がないように見える……。

だんだんあたしたちの方へ戻ってきているのだが、ここでようやく彼女の意図に気づいた。

少年からオーク・ロードを引き離(はな)すのが目的だったのだ。

「ちょこまかと……！　俺様を誰(だれ)だと思ってやがる！　名持ちのオーク・ロード、シグマ・アズガー様だぞ！」

「ククク……」

アルテナの背後に立ったイオリが不敵に嗤い、彼女を押しのけた。

「お前は魔法使いと二人で残りの豚どもを片付けておけ」

そしてそう告げるとオーク・ロードの前、歩幅一つの距離まで進み、顔を突き合わせた。

傲岸不遜にも右手をズボンに突っ込んだまま、頭上にある黄色い瞳を紅い瞳で凝視している。

重苦しい空気がたった歩幅一つの空間に充満していく……。

圧倒されてしまったあたしは口を開けたままこの光景に見入っていた。

「リリリ！　私が前衛であなたが後衛なんでしょう!?　早く魔法を！」

しまった、つい……。

彼女はちょうどオークを一匹斬り伏せたところだった。

残り五……ではなく、オーク・ロードに付き従っていた二匹もいるので残りは七か。

「まとめて吹っ飛ばすからちょっと待ってて！」

巾着から光貨を片手で掴めるだけ掴んで取り出すと、そのまま手を前へ突き出した。普段ならこんな大盤振る舞いはしないが、戦いの最中に圧倒されていたために招いてしまったアルテナの危機だ。即効性のあるでっかい魔法で片付けてしまおうと決めた。懐は寂しくなるけども。

突き出した手を右へ振り↓間断なく左↓左下↓下↓右下↓再び右へ振って、結印。

拳を強く握り多量の光貨を砕く。

光貨に封じ込められていた魔力はあたりを満たし、極光の緑があたしを包む。

詠唱開始だ。

集中しろ、超級魔法少女！

「魔を束ねし弦　王の王たる資格を示す者　焦土に満つる闇を喰らえ　光を喰らえ　赫奕たる天理を嗤い　深遠の澱みに遊べ　我が奏は　響く　響く　響く　永劫にたゆたう塵界の怨嗟持ちて門開かれし時　焔よ　嘆きの霧となりて現世を灼き尽くせ――」

あたしの真正面に巨大な魔法陣が描かれ、展開されている複雑な術式が青白い輝きを放っている。

あたしには読めないが、イオリの世界の文字でなにか書かれているらしい。

自分が言うのもなんだけど、この魔法はちょう高度な『極限流攻撃魔法』なので積層詠唱もできなくて、めちゃくちゃ呪文が長い。ということは詠唱時間も長い。

アルテナには悪いな、と思いつつ様子を窺うと――

えッ⁉

ちょっとちょっと‼

なにしてくれちゃってんのッ⁉

立っているオークは残り一匹……、ということは六匹は倒してしまったわけ？

アルテナの危機は……？

彼女のバスタードソードが紫色の炎を纏い燃えている……。

倒れているオークも同じ色の炎で燃えている……。

イオリの血を飲んでから魔法効果付与による炎の加護を必要としなくなった彼女は、自分の意思で火焔の剣『ファイヤーソード』を生み出せるようになっていた。その結果、戦闘力も上がるのだが、大きな欠点もあった。体力が――気力が――精神が――などではなくすごく物理的な欠点。

市場で手に入る剣や官製品の鋼の剣では、すぐに燃え尽き、融けてしまうのだ。

現に今も剣身が灼け、融け、金属が液体を経ずに蒸気となって昇華している。

原理のわからない副次的な効果なのに威力が高いのが不気味だ……。

見る間にバスタードソードは鍔と柄だけになり炎も消えてしまった。

「リリリ‼　あとは頼みます！」

一匹しかいないオークにこの魔法、撃つの……？

詠唱終わったからもったいないし撃つけど！

「もーったーいなぁぁぁぁぁいッ‼　『魔王焦光焔』ッッ‼！」

あたしが両手を上下に大きく開くと魔法陣は砕け散り、光と雷を纏った巨大な円形盾状の炎の塊が生まれた。

それはたった一匹のオークを七匹の仲間の死体と一緒に呑み込み、ついでに射線上にある焼け落ちた家の残骸も根こそぎさらっていった。そうして、はるか彼方まで薙ぎ払って消滅した。

地面は大きくめくれ、新しい街道が一本できたようだ。

簡易な形状の鍔と質素な柄の剣だったものを手持ち無沙汰に振り、アルテナがやってきた。

「なんでオーク一匹に『魔王焦光焔』使わなきゃなんないの」

「私はてっきり『虎狼焔』でいくかと」

「アルテナがほとんど倒しちゃうなら最初からそう言ってよー」

「まだまだですねえ、私たちの連係」

「そりゃー、練習してるわけじゃ――」

「て、てめえら……！　俺様の手下たちを……！」

この声はオーク・ロードだ。

アルテナとあたしだけで巨体のオーク八匹を倒してしまったのが相当頭にきているらしい。

そうは言っても、いつの間にやらイオリの拳を兜の隙間から的確に顔面へ喰らい、鼻から血を流しているオーク・ロードに貫禄などなかった。

起死回生の一撃に賭けるつもりか、オーク・ロードは戦斧を腰のあたりに構え、その場にしゃがみ↓気合いを溜め――

「てめえら全員、前祝いにぶち犯してやるぅっ！　そこに雁首――」

魔物でも知能が高くなると奥義を放つのに所作が必要になるが、これは溜め時間が長すぎる。

「ハァッ！」

予想どおり、すべて喋りきる前に彼の蹴りを受けてしまった。

低い姿勢で繰り出された地面すれすれの両足蹴り『裏九拾八式』――ナンコウに水揚げされる魚みたいでちょっと面白い――に吹っ飛ばされ、尻もちをついた。

「所作の最中を狙うなんて、ひ……ひきょうブッ――」

彼がブーツの裏でオーク・ロード、シグマの顔を踏みにじる。

「答えろ。川の汚染について知っていることを」

「な……なんのことゥブッ――」

次にブーツの爪先がシグマの口に蹴り込まれた。

「ほ……ほほほ本当だ！　し……信じてくれ！」

魔物の言葉を信じる人間は普通いないが、どうも汚染のことを知っている様子もない。

この会話中、あたしにはシグマが終始怯えているように見えた。それでも、吹っ飛ばされた時に放り出してしまった戦斧を求め、後ろ手に地面を探っている。やはり狡猾だ。

「俺が怖いのか？」

見下ろしたイオリが、さらに圧をかけてゆく。

「なんだと⁉」

「俺が怖いのか？」

「怖いわけがねえ！」

「俺が怖いのか？」

「てめえ……何遍同じことを……な、なに……？　か……体に力が……入らねえ………」

「俺が怖いのか？」

「や、やめろーっ！　魔法かこれは⁉」

何度も同じ台詞を聞かせるのは、なにか呪的な意味があるんだろうか……？

さっぱりわからないが、効果はあるようでシグマの焦りの色は濃くなっている。

が、ここでようやく自分の戦斧に指が届いた。

逆転の攻勢に出ようとした刹那――

「いい斧だな。俺の斧も見てみるか」

イオリは左の踵でシグマの顎をかち上げた。

「カアッ‼」

続いて、高く伸ばしたその足をまるで斧で頸を狩るかのように後頭部へ叩きつける。

あたしも初めて見るこの技、あとで尋いたところでは『外式・轟斧　陰〝死神〟』と呼ばれるものらしい。

威力のほどは地面にめり込んだシグマを見ればわかる。こういう時に、百聞は一見に如かず、とは言いたくないが口で細かく説明するのもはばかられる無残さだ。

「そのまま死ね！」

ズボンに両手を突っ込むと彼は吐き捨てた。

言葉どおりシグマはもう動かない。さっきの蹴りで大きく凹んだ兜の内側を想像すると、生きているわけがない。

その傍らにはシグマの所持品から飛び出した多量の光貨が地面に散らばっていた。

「フン、よくも貯め込んだものだ」

あたしはそれらをそそくさと自分の巾着に仕舞い込んだ。魔物は盗んだ金品を貯め込んでいることがあるので、こういった行為は人の財産を正しい市場へ戻すため全般的に推奨されているのだ。

「いや〜、儲かったなー」

「イオリ、この少年ですが……」

あたしがたっぷりと膨らんだ巾着を手にほくほくしている横で、アルテナは抱き起こそうとしていたエルフの少年の処遇を相談したそうにしている。

なのに彼は言葉を無視して、言いたいことだけを言う。

「おい、女騎士。わかっているだろうな」

「なにがですか？　そんな言い方で気づけってほうが無理ですよ」

イオリは醒めた表情で、アルテナの手にある融けた剣——のようなもの——を見た。

「……俺は忠告した。オロチの呪縛のことを」

「あ、はい」

「炎を使えば使うほど命を削るぞ」

え……、オロチの血ってそこまで直接的な影響があるものなの……？

あたしも飲ませてもらおうかなー……という邪念が芽生えたこともなかったわけじゃあないけども、軽はずみなことをしなくてよかったと思う……。

「そうなんですね、気をつけます」

アルテナにはまだあまり自覚がないようだ。返事が軽い。

それかあの時、イオリの血を飲んだ時、覚悟はもうすべてできていたのかもしれない。

紅い瞳が意志を持って彼を見つめている。

第四章　再会と出発

あたしたちは助けた少年にマントを掛け、焼け残った家の壁にもたれさせて目を醒ますのを待っていた。

「エルフにしては鈍臭い男だよね。大丈夫かな？」

「放置して行くわけにはいかないでしょう」

「男なら自力でなんとかする。行くぞ」

イオリは放置して先に進みたいようだ。

だが――

「聞こえてるよ！」

起こさないよう、距離を取って小声で話していたにもかかわらず丸聞こえだったようだ。さすがエルフ、その耳の大きさは伊達じゃない。テウも顔負けの聴力だ。

目を醒ました少年はあたしたちに向かって手を突き出していた。

「ちょっと、ぼーっと立ってないで起こして」

なんだろう……、助けてもらっておいてこの不遜な態度。領主の息子だったりするのだろうか。

だとしたら、ミガッダに会う前に懇意になっておくのも手だ。

あたしは仮面を取り、座ったままの少年に手を差し出した。

「大丈夫？」

しかし少年はあたしの手を握ったまま硬直してしまった。

なにか変なことでも言ったっけ……？

「あなた――」

「はい？」

「リリリゥム!?」

「え……？」

「やっぱりだ。そんなふざけた仮面被った魔法使い、ほかにいるわけないし」

どうしてあたしの名前を……？

あたしってそんなに有名になってたっけ、と思い、それなりになっている理由を思い出した。

「あ！　ドラゴン退治ね！　まー、あれしきのドラゴン、あたしたち――」

「そんなのどうでもいい！　私、わからない⁉」

はて……、エルフの少年に心当たりといえば超級魔法使い養成学校時代……。いや、でも、こんな少年いたっけ？

「あのー……どちら様で――」

青色の瞳に怒りの炎が燃え上がるのが見えた。

「キリル！　あなたの目って節穴⁉」

キリル……といえば、あたしと同級の女子で王国の……。

女子……？

「え～……？」

女子の名を騙る男が相手なら、眉をひそめざるを得ない。

「だって、キリルは女で――」

と、あたしは破れたシャツから覗く包帯をまじまじと見つめ、把握した。

胸を包帯で潰してる。

「あなたと違って、男装するのにも苦労があるの」

「わーッ、キリルだーッ！」

「だからそう言ってたのに……」

「そんなに髪、短くしてたらわかんないよ。それにその格好……なんで男装なんてしてるの？」

あたしはキリルを引き起こし、肩をぽんぽん叩いて笑った。

予想外の場所で旧友に再会できたのは素直に嬉しい。それでもあのオーク・ロードのシグマが彼女を捕らえて女だと知ったら、いったいどんな顔をしたことだろう。不謹慎だけど、それだけは気になった。

「あの、ちょっとごめんなさい。リリリのお知り合い？」

いきなり肩を叩いて歓談すれば、そりゃあ疑問にも思うだろう。これは二人に説明する必要がある。

まだ火のくすぶる村を避け、街道を少し戻ったところで落ち着ける場所を探すことにした。

「ヒガツミ国の王女殿下!?」

アルテナが驚いたようにキリルはヒガツミ魔導王国の君主ヨード女王の長女で、あたしと同じく超級魔法使い養成学校の卒業生だ。

「そういえばリリリリゥム、あなた、卒業できたの？」

……訂正。

彼女は卒業しているがあたしは正確にはまだだ。

「目処は立ったからすぐだよ、すぐ」

「あーぁ……、こんなちゃらんぽらんな人間がハイエルフの私を差し置いて首席なんだから」

キリルは次席で卒業したことに相当衝撃を受けている。

王族は旧い血筋のハイエルフなので、普通のエルフよりもさらに魔法に長けていた。それが人間に負けたのだから気持ちはわかる。

が、王国は人種の区別なく誰でもなんでも学べる自由な実力主義社会だ。

「わかった？　だから切ったのよ、髪を」

「なんで？」

「戒めのためよ。あなたを侮っていた自分へのね。だから勝つまでは伸ばさない！」

白い肌になびく明るい金色の髪、あたしは好きだったのに——と、こんなことを言うと火に油を注ぐだけなので黙っていよう。

「——って、こんな感じでキリルはあたしの友達、みたいな」

「友達？　バカ言わないで。好敵手よ、好敵手！」

「そうなの？」

「フフ……。私は今、格闘術の鍛錬を積んでいるの。魔法も格闘もこなせる『超級魔法拳士』！

それが私の目指す高みよ」

あたしも超級魔法少女だから親近感が抱ける称号だ。いっそのこと、二人で『超級魔法組』とか名乗っても面白いかもしれない。あと、アルテナに魔法が使えたら三人組もありなのに、惜しい。

——などと思っていたら……。

「それは、リリリに魔法で勝てないからですか？」

「ち……違うわよ！　もともと武術の授業は優秀だったの！　入る学校を間違えたって言われるくらいに！」

アルテナの質問が刺さったのか、キリルは自己弁護するが動揺していていまいち的を射ていない。

「あなたもエサーガ公国の騎士ならわかるでしょ？　武芸立国が魔法を研鑽してるなら、逆に魔法立国は武芸を研鑽すればいいって」

「よくわかります。我が国は魔法に関してはまだまだ途上国。魔法使いと拳士の複合職が生まれるのは先のお話ですね」

エサーガ公国が魔法に関してやや遅れているのは一般的な話だ。それだからミドウ公世子は焦っていたのだが、魔力の源、光貨を産出する光石鉱山が増えない限り根本的な解決にはならない。

「そうでしょうねぇ――」

「ですが、拳士を極めるのもお望みなら、不用意に派手な奥義を出そうとして無闇に発動所作を長くするのはいかがかと存じます」

得意満面になっていたキリルが不機嫌そうな顔つきになり、滑らかだった口を閉ざしてしまった。

アルテナの言うことはよくわかる。イオリもさっき同じようなことを言っていた。

キリルにしては痛いところを突かれたのかもしれないが、良かれと思ってする進言はアルテナにとっては自然なことだ。

ここでこれまで黙って話を聞いていたイオリが見てられんとばかりに口を挟んできた。

彼は最初、キリルの顔を見て「またか」という表情を浮かべただけで興味なさげにしていたのに。

「ご大層なことを言うが、炎を生む度、剣がなくなるお前もお前だ。もう戦うな、足手まといだ」

「そんな！　それはあんまりですっ」

名指しはしていないがアルテナのことだ。

これにはかなり応えたのか彼女はイオリにすがりつき駄々をこねている。

珍しい……。

一方、キリルは口許に溜飲が下がったような笑みを浮かべていた。

ただ、どちらかの肩を持って終わるような彼じゃない。

「もとはといえば貴様だ。付け焼き刃の見苦しい技を見せるな」

嘲りの気持ちを隠そうともしない彼にはそれを言い放つだけの資格があった。自分のいた世界だけでなく、こちらの世界でも命の遣り取りをし、すべて生き残ってきたのだから。

だからといって、ここまで言われたキリルも黙っていられるわけがない。

「この名乗りもせず突っ立ってる失礼な男は誰の奴隷⁉」

「キリルッ！」

「だってそうでしょう、両足を縛られて——」

「ごおぉぉ……っ！」

容赦のない右肘の打ち込みを鳩尾に喰らった彼女はつんのめったが、自分から倒れることは許されない。即座に頭を掴まれ顔面から地面に叩きつけられた。

「死ね！」

死の宣告と同時に紫色の炎が膨れあがり、爆発……。

彼の技を何度も見ているあたしでさえ退く残酷な技だ。

地面にめり込んだ彼の左手の下からは、ぷすぷすと煙が上がっている。

「イオリ、えげつない……」

「俺は相手が女だろうと容赦はせん。……次は殺す！」

――あれ？

この風景、どこかで見た……というか体験した記憶が……。

「ま……紛らわしい格好だけど、とりあえず納得はしたわ」

アルテナからもらった不味いポーション――魔法効果を再現した液薬――を飲み、イオリの『弐百拾弐式・琴月　陰』やシグマにつけられた傷を治したキリルは、ようやく彼が奴隷ではないことが理解できたらしい。

今は焚き火を囲み四人で輪になって座っているのでわかりづらいが、キリルの背丈はアルテナと同じくらい。切れ長の目をしている美人で、あたしとは正反対の雰囲気だ。美人なんだからそのまま黙っていればいいのに、肩に掛けたアルテナのマントの前を閉じながら主導権を握ろうとしてくる。

「だけど私はこのなかで最年長のはず。わかったら今後少しは敬いなさい」

「失礼ですが、おいくつですか？」

「二四よ」

「え……？」

アルテナは首を傾げている。

「エルフは長命だから、見た目と年齢が合わないんだよね」

キリルの母君、ヨード女王はもう何百年——正確な年数は知らない——も生きているのに全然年老いて見えない。ちなみに『幻想亭』で出会ったようなハーフエルフは人間と同じ寿命だ。

あと、エルフが長命なのは子供ができにくい体質も大きく影響している。卵が先か鶏が先か、の結論の出ていない問題ではあるけれど。

「でも人間年齢じゃ一七だから、アルテナと一緒だね」

「エルフ年齢は二四なんだから年上なのは確かでしょ！」

「フン、年寄りは敬えということか」

イオリ、これはわざと煽ってるように聞こえる。

「ああ、なるほど」

ぽんっと手を叩くアルテナのほうは、たぶん素だ。

「あなたたちねえ……」

「王女だから敬えと言わないだけ救いがある」

「え……？　あら……、そう？　なかなか見所あるじゃない」

うーん……褒めているわけではないと思うのだけど、キリルも案外ちょろいのかもしれない。

「だが、なぜだ？　王女が供も連れず独り、しかも男装とは」

確かにイオリでなくても気になる話だ。

お供はオークにやられたのだとしても男装は？

お忍(しの)びで巡行(じゅんこう)していたにしても、そこまでする必要はないはず。

あたしは本人が話してくれるのを待った。

焚き火の炎を見つめ、どう話したものか迷っているようだったが、しばらくすると決心するように軽く頷(うなず)き口を開いた。

「月蝕(げっしょく)があったでしょう？　私、勇者として魔王の討伐(とうばつ)に来たのよ」

絶句した。

まさかそういう方向からの一撃が来るとは思わなかったためだ。

もっとどうでもいい理由だと思っていたのは事実で、たとえば堅苦(かたくる)しい王宮に嫌気(いやけ)が差したとか、縁談(えんだん)が無理矢理進められたとか、そんなことだろうと高をくくっていた。

それが魔王討伐って……。

王国にも『去来今(きょらいこん)』は伝わっている。でも、迷信だと思っている人が大多数だ。だから魔王の降臨が前提の、勇者を決める武芸大会なども開かれていない。月蝕の度にエサーガ公国は律儀(りちぎ)だなーと思っていた。もっともその勇者も今は魔王と見なされて不在、準優勝のアルテナが繰(く)り上がって勇者に認定(にんてい)されてもおかしくない異常事態だ。

イオリは……。

眼(め)だけ動かして彼を見ると、魔王扱(あつか)いされていたというのに動じていない。

彼のなかではもう完全に終わった話なのかもしれない。

ところが。

アルテナとあたしが少し深刻そうな顔をしていたせいか、キリルは急に態度を変え笑い出した。

「――というのは建前で、理由は別にあるの」

……どういうこと？

「勇者とか魔王討伐とか、関係ないの？」

「ないわよ。この格好で一人旅でしょ、訊かれた時はそう答えるようにしてるだけ」

…………。

そういう冗談はお酒でも呑んでる時だけにしてほしい。ついさっきまでオーク・ロードたちと戦っていたんだから。

ほら、イオリが呆れて背中を向けてしまった。

こうなるともう絶対会話に加わってくれないんだぞ。

「でもね、聞いて。身を寄せたこの村の領主が実は男色家だったの！」

領主ってミガッダのことだ……。

「男装してる私に迫ってくるんだけど、素性をばらすわけにもいかなくて――」

「なにかされたんですか!?」

アルテナが身を乗り出して心配しているが、内心は興味津々なんじゃなかろうか。

キリルは首を横に振るが、そこからの言葉はあたしたちにとって残念としか言えないものだった。

「危ないところで助かったわ。ううん、そんなこと言うべきじゃない。オークの襲撃で助かったんだから。その時に……領主は死んだわ」

隠形の得意なエルフが色に現を抜かして死んでしまうなんて、記録に残したくない例だが問題はそこではない。当初目的にしていたことを達成できないのが確定してしまったことが問題なのだ。

あたしがアルテナを見ると、アルテナもあたしを見ていた。

こういうのを以心伝心と言うのだろう。

「キリルがどうして独りでいるのか、理由は訊かない。誰にだって話したくないことはあるもんね」

にっこり微笑んでキリルに語りかけると彼女は、わぁっと手の平を合わせ感謝の意を表してくれた。

「さすが我が好敵手。いいとこあるわね」

「代わりに……」

「ええ、なに？」

「ミクニへ入れて」

「ええ、入れば？　帰って来なさいよ、遠慮せず」

「入れないの」

「？」

「入れないの、あたしたち」

「……言ってることがよくわからないんだけど………」

やっぱり少しは情報公開しないと理解してもらえないか。

小出しにして様子を見てみよう。

「あたしたちね、ここの領主のミガッダに用があってやって来たの。でも死んじゃったでしょ。そうするとミクニまで行ってそこで訴えるしかないの」

「なるほどね。領主に直訴しないといけないことがあったわけね」

「そういうこと」

「行けば？」

「だーかーらー、入れないって言ってるでしょー」

「だから、なんでよ」

「また密入国になるからですよ」

う……、アルテナは遠回しに言うってことをしないのか。でも、こういう話は彼女に任せたほうがいいかもしれない。あたしはつい感情的に話してしまうが彼女は騎士ということもあって論理立てて話すことが得意だから。

真面目な交渉ごとは譲っておこう。

うん、あたしも成長したものだ。

「どうして密入国になるの？」

アルテナ的には『西ヒガツミ山』にある王国所有の光石鉱山で、密入国を一度やったことになっている。

「恐らくキリル王女殿下が王宮をあとにしてから報せが届いたのだと思います。ドラゴンを斃した魔王がエサーガ公国を出国した――と」

「魔王が……出国？　それで入れないってこと？」

「はい」

「じゃあ――」

キリルの首が音を立てそうなほどぎこちなく動き、脅えた視線がイオリの背中に注がれた。

絞り出す声も震えている。

「か……かかかか彼が……？」

無言で頷くアルテナとあたし。

「無理無理無理無理無理！　魔王を入れるだなんて絶対無理‼　だいたいおかしいと思っていたのよ！　奥義を発動所作なしで出しただけじゃなく、光貨や呪文詠唱もないのに見たこともない色の炎で私を……‼」

イオリが異世界から来たことは伝えてないので反応は予想できた。

「安心して！　エサーガ公国からのお触れは誤報だから！」

「そう、彼は魔王なんかではないんです！」

魔王っていうのは魔物を統べる王のことだとぼんやりと決まっている。そうなると魔物を容赦なく倒すイオリは違うんじゃ……となる。まー、簡単には信じてもらえないとは思う。証拠がなにもないから、あとはあたしたちの手腕に懸かっている。

「だいたい配下の魔物を主の魔王があぁも楽しんで殺すと思いますか？」

「ないよねー」

「そう、ないですよね」

「じゃあ、魔王のわけなくない？」

「ええ、公国騎士の私がこうして――」

「はぁ……、よく即興(そっきょう)でそんな猿芝居(さるしばい)が打てるわね」

緊張(きんちょう)をほぐすようなあたしたちの遣り取りを見て溜息(ためいき)交じりに口を挟んだキリルの顔からは、さっきまでの脅えは消えていた。が、まだ表情は硬(かた)い。それでもなんとかキリルが同行してくれれば、きっとミクニに入ることができる。王女という立場、心強いことこの上ないのだ。

「安心してって言うけど、どうしてそこまで……」

「キリルには全部話したほうがいいね――」

こうしてあたしたちは獣人種(じゅうじんしゅ)の孤児院(こじいん)に関する問題を洗いざらい話すことにした。

ヤサカさんが亡(な)くなったための困窮(こんきゅう)、荒(あ)れた耕地、水車小屋の使用料、川の汚染(おせん)、水汲(みずく)み時の魔物の脅威(きょうい)、などをだ。これらをどうにかしないと同じことの繰り返しになる。

「あなたたちがその子たちに肩入(かたい)れする理由って？」

キリルに打ち明けたあとのひと言目がこれだ。

彼女が訊(たず)ねたくなるのもわかる。なにも見なかったことにして割り切ってしまえばいいのだから。

水は満たしてきたし、イオリもアルテナも財布(さいふ)を置いてきた。あの孤児院で慎(つつ)ましく生きれば一年以上は生活できるはずだ。

でも――

「関わってしまったから、という言い方は冷たいですが……」

アルテナの言葉どおりだ。

忘却の魔法でも使わないと忘れることはできない。なんだかんだで一週間以上、皆と面白おかしく過ごしてしまったのだから。

「それって偽善じゃない？」

痛いとこを突かれた。最後まで面倒を見られるわけじゃないので、そうとも言える。それでも見すごすよりは……とあたしが思っていると――

「ククッ……」

――イオリが嘲りの色を含ませた嗤い声を漏らした。

それきり喋ることはなかったが、今なら彼の考え方もなんとなくわかる。

彼は偽善と言われたことではなく、簡単に善と悪に割り振る行為自体を嗤っているのだろう。善悪の彼岸に立っているような人だから、理屈ではなくやりたいことをやり、やりたくないことはやらない。ただそれだけ。

あたしも理屈は置いておこう。

「ミクニに入れたらすぐ引き返していいから、お願い」

キリルの口から大きな溜息が漏れた。

「もぅ……。首席のあなたがそこまで頼むのなら付き合うわよ」

「ありがとう、キリル‼　大好きーッ‼」

あたしが抱きつくと迷惑そうに頬を染めて顔を背ける。

どうしてだろう？

女同士なんだから恥ずかしがらなくてもいいのに。まったく、これだからうぶな王女様は面倒だ。

キリルはあたしを無理矢理引き剥がすと、関心をそそられる提案をしてきた。

「どうせならヨード川を調査しながらミクニまで行って、ついでに汚染源を探ってみたらどう？」

「それはよい案です」

「とすれば、ミクニの先かー。ヨード川の水源はイクマー山地にあるからね」

話がまとまったあたしたち三人の中央に大きな影が落ちた。

イオリがようやく立ち上がりこっちを向いたが、ひと言も発しなかった人に決定へ口を挟む権利はない。

またなにかいちゃもんでもつけるのだろうと思いきや。

「今夜は冷える。焼け残った家を探すぞ」

——ときた。

女子三人だけで決めたことになんの異論もないだなんて、ちょっと怖い。あとで「そら見たことか」とでも言われそうだが、それは考えすぎか。もう少しイオリのことを信じてもいいのかもしれない。

だいたい、この国へ彼を誘ったのはあたしなので、その責任はある。

彼がどうしてこの世界へやって来たのか？

もとの世界への戻り方は？

キョウという人物を捜すのが彼の第一目標ではあるものの、魔法が盛んな王国なら手がかりになるものがあるかも、と甘言で釣ったのだから。

「奴のいない世界は退屈だ」と思っている彼の気持ちを利用しかけていたあたしは、少し自己嫌悪した。

「魔法使いは夕食の支度をしろ」

ちょうどいい。

今夜は個人的な反省も兼ねてあたしお手製の料理を振る舞ってあげよう。

「それならたまには私も――」

「お前はなにもするな」

アルテナはあたしよりも調理が雑なことに定評がある。「たまには」と言わせるほどこの旅の間、彼女になにもさせてこなかった。まともな食事にありつきたければイオリかあたしの出番になる。

膨れっ面で抗議しても無駄だ。

まー、あたしの腕も決して褒められたものではないのだけれど……。

キリルもなにごとかと思っているようなので、寝る前にこっそり教えておこう。

× × ×

王暦(おうれき)二六七九年　～　一〇月一九日

出発前、あたしはオークの十字弓(クロスボウ)を興味深く眺(なが)めていた。

人間用ではないので大きすぎて使いようもないが、器械式というところに興味はある。

棒に掛けた弓弦(ゆづる)を梃子(てこ)の原理で引いて長柄(ながえ)の出っ張りに引っ掛け、その出っ張りを倒すことで弓弦を解き放ち、矢を射(い)る仕組みだった。

単純な構造で、知能の高くない普通のオークにも使えるようになっているところが嫌(いや)らしい。

どうしてオークがこんな武器を手に……、いやそれ以前に、誰がこんな武器を造ったのか……。

オークにここまでの工作技術はないはず。

じゃあ、ゴブリンが？

それも同じくらいあり得ない。

もっと知能の高い魔物か、もしくは……人間？

あたしは十字弓の底面に回した手がなにかの凹(くぼ)みに触れたのに気づいた。両手で抱(かか)えなければならないほど重たいので四苦八苦して裏返してみると、二本の直線と半円が組み合わさったような意(い)匠(しょう)の烙印(らくいん)が押(お)されていた。

この十字弓だけにあるのか、ほかのものにもあるのかはわからない。『魔王焦光焔』を逃れて焼け残ったのはこの一挺だけだったから。これだけに押されているのなら所持していたオークの印、ほかのものにもあるのならこれらを造った者の印——と考えるのが妥当だろう。

「そんな玩具、ほっときなさいよ」

支度を調えたキリルが側に来た。

「私たちは無限に魔力の矢が創れるんだから」

「精神力と光貨が続けば、でしょ」

魔法を使うには精神の集中が必要なので、実戦だと彼女の言うように無限にというわけにはいかない。光貨は……王族ほどの資産があればそりゃあ好きなだけ使えるだろうけど、あたしたちみたいな庶民には限界がある。取捨選択が大切で、使い処に結構頭を悩ませるのだ。

いい機会だからここで、ほったらかしにしてあった魔法の話をしておこう。

そもそも魔法というのは、この世界に満ちている地・水・火・風・空の五大精霊にお願いして力を借りてもらう儀式全般のこと。

簡単に喩えるなら——

結印は精霊への個人的なご挨拶。

光貨に封じられた魔力は精霊へのお土産。

呪文は魔法の方程式で精霊へのお手紙。

魔法陣は精霊のお家の窓。

――かな。

こうやって礼儀正しくしっかりお願いをすると、次元を超えてほかの多元世界にも伸びてるらしい『魔導弦』に触れて、魔力を操る術式が奏でられる――因果を理解してそれを曲げられる――ようになる。そうして魔法は発現するわけだ。ただし、魔力の純度が低いと精霊が呆れて魔法の効果も低くなるから注意が必要だ。

おおよそ、王国の最新魔法物理学『超弦魔導理論』だとこんな感じに定義されている。さすが魔導王国。

ちなみに、魔導弦は魔法のないイオリの世界にもあるようで、無意識の内に触れた人が異能の力を発揮できるみたいだ。で、どうやらそんな人はどこの世界でも外見とかが似てくるらしく、彼はこっちでもう何人も出会っている。その筆頭がアルテナとあたしなんだけども、昨日それにキリルが加わった。

余談になるが『冒険者ギルド』――冒険者以外にも剣士、戦士、魔法使い、聖職者、盗賊など様々な職業の人が集まる組合みたいなもの――には自分がどの精霊と深い繋がりがあるのか映し出してくれる水晶玉がある。静かに見つめるだけですぐ結果がわかるし、無料で試せるからお得だ。

あたしが登録した時に調べたら火の精霊だった。

イオリは……調べなくてもわかる。

絶対に火、だ。

「行くぞ」

「わッ？」

急に話し掛けられると、凄く心臓に悪い。

ちょうどあなたのことを考えていたのだから。イオリに魔法が使えていれば、あたしの心を読んでわざとやってるんじゃないかと疑うくらいだ。

あたしの気も知らずすたすた去っていく彼を見ると、向かう先に馬が一頭いた。

オークの襲撃で逃げていたのを見つけてきたのだろう。鞍はないようで運搬用に背に荷物が振り分けられている。

「ねえ、彼の名前はなんていうの？」

「自分で尋けばいいでしょー」

「嫌よ、今更」

王女だからというわけでもないだろうに、妙に意固地なところがある。

「なに警戒してるの？　大丈夫、彼のことなら興味ないから。あんな冷たい男、私の好みとは全然違うもの」

「えッ……」

「あなたたち、本当にわかりやすいわね。でも、リリリゥムもアルテナも相手にされてないんでしょう？」

アルテナがイオリにご執心なのは言わずもがな。

あたしだって大好きだ。

……でも、実のところよくわからない。

この好きがどういう部類のものなのか、超級魔法使い養成学校に在学中は研究ばかりの生活を送っていたあたしには判断がつかないのだ。

キリルは全校生徒——おもに女子——の憧れの的で、恋文もたくさんもらっていた。だからあたしよりはそのあたりの機微に通じているんだろう。

あたしの場合は、なんとなく「いいな～」と思ってるだけなのかもしれないし、生死を共にしてきたために生まれた友情の変形なのかもしれないし、単に肉親への慕情の裏返しなのかもしれない。

「まあせいぜい頑張んなさい。一応、応援してあげるから」

つっけんどんに見えてもキリルは優しい。

好敵手と言い張るけどやっぱり友達だ。

「彼はヤガミ・イオリっていうんだよ」

「そう、ありがと。覚えておくわ」

律儀にお礼を言ってキリルは行ってしまった。

あたしも十字弓を放り出し、すぐにあとを追った。

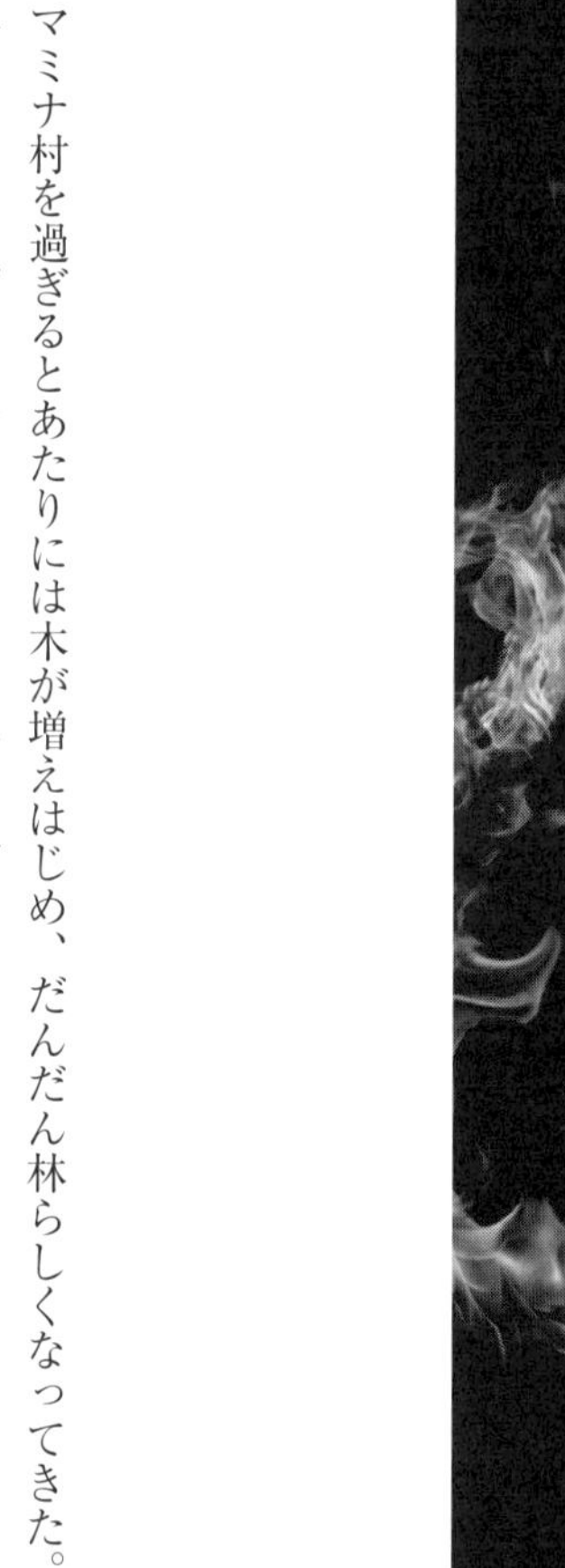

第五章　王都ミクニの女王陛下

マミナ村を過ぎるとあたりには木が増えはじめ、だんだん林らしくなってきた。

鳥たちのさえずり、動物の鳴き声、木々のざわめきはやまず、変わらず豊かな自然が育まれていることを教えてくれる。

それでもなにかが変じつつあった。

吹き抜ける風とそよぐ草木、目に見えない空気と流れる雲、降り注ぐ光と地面へ映る影、なにがどうとは指摘できないが言葉にならない漠然とした不安が頭をもたげはじめている。

そんなもやもやを振り払うように、あたしはできるだけ明るく振る舞っていた。

なかでもイオリに『ケーオーエフ』という彼の世界での武芸大会の話を振ったのは殊勲賞だと思

う。私生活に関することはまったく語りたがらない彼でも、この話題についてなら面倒がりながらもある程度は話してくれるのだから。

お陰で彼が「三対三の戦いには慣れている」と言った意味がようやくわかった。

曰く、ケーオーエフは三人一組のパーティーを組み世界最強を決める勝ち抜き戦で、参加するには主催者からの招待状が必要なのだそうだ。おまけに致死性の凶器は禁止なのに違反覚悟で持ち込む参加者もいて、最後は毎回ほとんど殺し合いみたくなるらしい……。

選ばれた人しか参加できない武芸大会でそれは物騒すぎる！

イオリの世界ってなんて殺伐とした場所なんだろう……。

なーにが殊勲賞だ。もやもやを振り払うどころか、一層濃くなってしまったじゃないか。

「フン……、そのせいか四人は違和感があるな」

自嘲気味に呟くイオリにあたしが乗っかる。

「やっぱりキリルはお邪魔だったのか」

「あなたこそ相手にされてないのによく言うわね」

「そうですよ、リリリ。そろそろ自覚したらどうですか？」

「あら、アルテナもなんだけどね」

「そ……それは見当違いですよ、殿下！」

女子も三人集まるとたちまち騒がしくなるもので、静かな旅は昨日で終わりを告げていた。

もやもやもいつの間にか吹き飛んではいたが、秋のもの淋しい情緒も一緒にどこかへ失せてしまったのはもったいない。

こうなると、かしましく喋るあたしたちにイオリの苛立ちが募ってるのではと、内心気が気でない。

ぶるひひ……、と鳴く馬の声も笑っているように聞こえる。

×　×　×

しばらく川辺を離れていたゴゴウ街道が再びヨード川に近づいてきた。

見慣れた地形からそれはわかるのだが、普段なら盛んに飛び交う水鳥たちを目にできるはずなのに一羽の影も見えない。

「妙ね……」

キリルが空を見上げ独りごちた。

ヨード川は水深が浅くて、大きな船は港町のナンコウから先に進めない。ミクニへの荷は小さい船に積み替えて運ぶことになる。でもここはもう、川幅が広く流れのゆるやかな下流よりも水深があり流れの速い上流域。淙々と流れる川の音が聞こえてきてもいい頃だ。

さらに少し歩き、川岸に下りられる場所を見つけたあたしたちは、そこで休憩を取ることにした。

なるべく早くミクニへ入るために朝から歩きづめだったので、皆――女子三人組は――くたくただ。

石の多い河原の凸凹が棒になった足の裏に気持ちいい。

「見て、綺麗な蒼よ」

疲れを吹き飛ばすように、川を見たキリルが無邪気に喜んでいる。

水が青く見えるのにはいくつか理由がある。透明度が高く水深のある川や湖は空を映して青く見えたりすることがあるし、水深があるだけでも太陽の赤い光を吸収してより青くなる傾向がある。

ところがヨード川は透明度はあるものの、浅い。

今みたいに明確に「蒼い」のは異常なのだ。

水面には蒼い墨流しのような模様が浮かび、下流へ向かい流れていた。流れは鈍く、淵に澱む水のように粘度を持っているように見える。

色だけは綺麗なのがなおさらに不気味だ。

カッカッと蹄を鳴らし、馬が水を飲もうと川岸に近づいていく。

「水を飲ませるな」

イオリの言葉に、慌ててアルテナが手綱を牽き馬を止めた。

ぶるる……。

抗議めいた声を上げる馬は不満そうだ。

それにキリルも同調してきた。

「ヤガミイオリ、王国の水はそのままでも飲めるくらい綺麗よ」

「これがか?」

「光の反射でしょ？　綺麗な色じゃない。ヤガミイオリも飲んでみたらどう？　エサーガの水とは比べものにならないほど甘露よ」

皆に聞かせるのはキリルの名誉に関わるかもしれないので、あたしは小さな声でぼそぼそと呟くことにした。彼女とは少し距離があるが、エルフの聴力なら余裕で聞き取れるだろう。

「彼はねー、姓がヤガミで名がイオリなんだよー。ヒガツミ風の名前じゃないんだよー」

彼女の耳がピクピク動いたかと思うと——

「う……うるさい！」

いきなり叫んで、あたしを含め全員を驚かせてくれた。

ひひぃぃぃぃん！

驚いたのは人間だけじゃない。

突然の大声に、手綱を握ったままのアルテナを引きずって馬も棹立ちしている。

「またあぁぁっ!?」

情けない声を上げる彼女を尻目に、キリルは頬だけでなく耳の先まで真っ赤にして抗弁した。

「し……知ってるわよ、そんなこと！　わ、私がヤガミイオリって呼びたいだけなの！」

傍から見ると大声で独り言を言っているだけなので、ただの情緒不安定なエルフに見える。両手を上げて憤慨しているとマントが大きく開くが、下着代わりの包帯が見えてもお構いなしだ。

一つだけ彼女を弁護すると、キリルという彼女の名前、本当はもっと長い。あたしたちは略してそう呼んでいるだけで、王族は全員、長い本名を持っているのだ。だからたぶん、あたしたちがイオリと呼ぶのも略しているからで、まだそう親しくない自分は本名で呼んだつもりなのだろう。とても礼儀正しく、尊敬できる行為だと思う。

図星を指されたあとの誤魔化しさえなければ。

キリルは、マントがはだけているのに気づくと急いで閉じ、照れ隠しにか川岸へ駆けていった。

「止まれ！」

イオリが叫ぶがもう遅い。

川岸にしゃがみ込み、早速水面を観察している……と思った矢先、彼女は崩れるように倒れてしまった。

「女騎士、あいつを川から引き離せ！」

彼がアルテナに叫び、続いてあたしにも指示を飛ばす。

「魔法使い、水を調べろ！」

二人とも返事を返す間を惜しんで直ちに動く。

咄嗟に的確な指示が出せるイオリ……。こんなところにも彼がどれだけ実戦経験を積んできたのかが窺える。あたしだったらきっとあたふたして、なにもかも手遅れになっているかもしれない。

アルテナがキリルを河原の奥へ引きずっていく間に、あたしは銀製の水筒の蓋で澱んだ川の水を汲んでみた。まず、毒なのかどうか確かめるためだ。銀は毒に反応して曇る性質がある。

案の定、銀の蓋は曇った。

「そっちの銀もか」

イオリは左手の中指にはめている銀製の指輪をあたしに見せた。

これも曇っていた。

「なんらかの毒素が混ざってるのは確実だね」

何者かが川に毒そのものを流したのか、コボルトの息が銀を曇らせ腐食させるように魔物由来のなにかが混入したのかまではわからないが、どちらにしてもキリルが川岸へ近づいたため毒気に当てられたということで間違いなさそうだ。

イオリ、アルテナ、あたしの三人にはなぜ影響がないのか？

まだ発症していないだけの可能性もあるけれど、キリルに関しては多分にエルフの五感が鋭いことにも原因があるように思える。視覚や聴覚だけでなく嗅覚もいいため、蒸発した毒気をまともに吸い込んでしまったのではないだろうか。


あたしたちは川からなるべく距離を取り、キリルの手当てをしていた。

見たところ症状はそれほど酷くないように思える。急な高熱と発汗、頭痛に吐き気、さらに悪寒と倦怠感。時折流行る流行性感冒の諸症状に似ている程度だ。ただそれらはポーションや魔法で解決する。しかし今、アルテナの持つ、毒や麻痺に対応した専用の解毒ポーションは効かず、あたしの解毒魔法や治癒魔法も役に立たない。

いったいなにが彼女の体を蝕んでいるのか皆目見当がつかず、焦りが募るばかりだ。

正直、わけがわからない。

思い起こしてみると、孤児院の子供たちが川に近づかなくなって本当によかった。あの子たちは獣人種なのでエルフ同様五感が鋭い。水汲みを続けていたらいつか毒気に当てられていたろう。

「ミクニでならなんとかなるかも……」

「私の用意してないポーションもあるでしょうしね」

あたしの言葉をアルテナが補足すると、イオリは黙ってキリルを馬の背に跨がらせた。

力なく馬に体を預ける彼女が苦笑している。

「世話を……かけるわね……」

「フン」

川の調査を提案した本人が真っ先に倒れてしまったのだから、返す言葉もないだろう。綺麗だから大丈夫、という論理的でない思考は彼女が魔法使いであることを忘れてしまいそうになる。

でも、起きてしまったことを言っても仕方がない。

今、あたしたちに必要なのは先を急ぐことだ。

ミクニまでまだ一日はかかる。

× × ×

王暦二六七九年 ~ 一〇月二〇日

イオリが「当てがあるわけでもない旅だ。寄り道もいいだろう」と言ってくれてからもう二〇日。

ずいぶん長い寄り道だった。

ようやく『ヒガツ丘陵』の段丘に築かれた王都――ミクニが見えてきた。

段丘の周囲を森と草原に囲まれ、イクマー山地を背にしている天然の要害なので壕や濠、城壁はない。周囲をいくつも流れている川が濠の代わりになっている。川が多いので水量は分散されて一つ一つは細く穏やかだ。そのなかで一番大きいものがヨード川と呼ばれている。

そして庶民の家はなだらかに傾斜した段丘面に広がり、陽をたくさん浴びさせるために拓いた葡萄畑と共存してとても美しい景観を保っていた。


ヒガツミ魔導王国が『魔導』王国たる由縁は、魔法に長けたエルフが住み、治めているところにある。光石鉱山を多く持つため、たとえ国土面積に比べて人口が少なくても魔法で国力が維持できるからだ。

それだけ優秀な種族なので、王都の正門を護る衛士ですら矢を一度に三本射り、それらをすべて違う目標に命中させることができる。エルフは弓の好手、という俗説は正しい。

しかし、今、正門には誰一人いない。

それどころか、ここから見えるミクニの大通りにも人影がまったくない。

まるで死の街だ。

「ここが王都だと……？」

「どうしたんでしょうね」

こうして、二週間ほど前に来た時には門前払いを食わされた王都へ、あたしたちはなんの検分もなく足を踏み入れることができた。

あたしも戻ってきたのは一年ぶりくらいになる。超級魔法使い養成学校は全寮制だったので、一年に一度の休暇以外、よっぽどのことがないと王都との往来はなくなるからだ。

この有様を見ている内に、あたしたちが検分で撥ねられた別の理由が、ヨード川の汚染やキリルの症状と重なり合うことでようやく見えてきた。

「そういうことね……」

ヨード川はミクニの中央を王都を南北に分断する形で流れている。そこから水路が都じゅうを走り、生活のなかの様々な用途に利用されていた。それだけ水――毒水に接する機会も多い。ここに五感の鋭いエルフ……。

結果は火を見るよりも明らかだ。

今のミクニは王都としての機能を失い、完全に麻痺していた。

あたしたちを拒んだのは、王都とそこに住む民がキリルのように毒に冒されたことを外部に洩らさないためだったのかもしれない。

「『詠唱輪』も止まってますね……」

水路のあちこちに設置されている水車を見てアルテナは困惑していた。

普段なら水の流れを利用して一定間隔で光貨を砕くと同時に、羽根車に刻まれた魔物除けの魔法を絶え間なく自動詠唱し続ける器械なのに、今は澱んだ毒水が絡(から)みつき止まってしまっている。

王都は丸っきり無防備な状態に晒(さら)されているわけだ。

魔法的な国防計画に則(のっと)ったものなのに、怠惰(たいだ)にすぎると反発する人もいたがこうなってしまえばどちらが正しいとも言えない。

「見習い騎士時代に騎士団の交流で何度か来たことがありますが……これは――」

「ゴーストタウンだな……」

またイオリが自分の世界の言葉で謎(なぞ)の単語を呟く。

意味を尋(き)いても「フン」と鼻で嗤(わら)って教えてくれないんだからわざわざ口にしなくてもいいのに、と思う。

でも今回は割とわかりやすい。

死の街のことだろう。


あたしたちは大通りを東に向かっていた。

通りの左右には木と石の組み合わさったエルフ独自の流れるような意匠(いしょう)を持つ、屋根の低い家が軒(のき)を連ねている。

綺麗に敷(し)き詰(つ)められた石畳(いしだたみ)の道はゴゴウ街道と同じ玄武岩(げんぶがん)でできていた。馬の蹄が小気味よく路面を叩(たた)き、誰もいない通りの先まで響(ひび)いていく。

目的地は幻想亭(げんそうてい)。

イオリもアルテナもあたしも知っているこの名前。高熱でぼーっとしているキリルをどこかで休ませようとなった時、キリル本人から指定された場所だ。

亡くなった父君から密かに譲られた飲食店で、王族ということを隠して経営しているのだそうだ。

ミクニにあるのが本店で、エサーガ公国との国境付近にあるのが支店になる。支店の主人の言っていた、あたしと同じ魔法使いで純血金髪美人のエルフがキリルだったとは……、あの時には想像もできなかった。

「ここか」

一軒の店の前でイオリが止まった。

樹の幹のうねりと枝の自由な伸び具合を生かした洒脱な構えの店だ。

看板に幻想亭と彫られている。

なぜかイオリにもこちらの世界の文字が読めるので間違いない。

枝に常緑の葉が繁っているのを見ると、この樹は生きているようだ。樹のあった場所にあとから店を建てたのだろう。これに比べると支店のほうはかなり味気ない造りだったのを思い出す。あっちはもともとキリルが所有していたものではないので、建て直さない限りずっとあのままということだ。

彼が扉に手を掛けようとしたその時——

「待ちたまえ！」

男の声？

まだ動ける人がいたのか。

皆、家に籠もり、症状が治まるのを待っているのだろうと思っていたので、突然の声にあたしたちの驚き方も様々だった。

イオリは手を止め警戒心を剥き出しにし、アルテナはすぐさま腰の裏に隠してある予備の短剣に手を掛け、あたしは……あたしは、びくっとなっただけだ。キリルに至っては動けるわけがない。

「両手を上げたまえ！」

言葉には従わず、あたしは背後、声の来た方向へゆ～っくり振り返ろうとした。

「動くな！　婦女子といえども火事場泥棒まがいの略奪者には容赦せん！」

略奪――

「私たちは略奪――」

「手を上げろと言った！」

あたしと同じく「略奪者じゃない」と訴えようと振り返ったアルテナも、口を開く先からにべもなく言葉を封じられ弁解すらできない。

渋々両手を上げるアルテナとあたしだ。

「君もだ」

ああ、やっぱり彼もだ。

でもイオリが誰かもわからない男の命令など聞くわけがない。

いや、誰かわかっていても聞くわけがない。

彼に命令できるのはこの世にたった一人、彼自身しかいない。

アルテナはイオリに背を向けており、彼の様子がわかるのはあたしだけだ。

手を上げたまま動きを目で追うと……。

そう、動きだ。

彼は男の声を無視し、あたしの横を通り過ぎるところだった。

「動くな！　これは警告だ！」

「貴様、草薙京（くさなぎきょう）という男を知っているか」

「クサナギキョウ……？」

「貴様のような黒髪（くろかみ）で、口の減らない生意気な人間だ」

「それは君のことかね？」

売り言葉に買い言葉。二人の距離——というか間合い——は縮まっているだろうに警戒心は膨（ふく）らむ一方だ。彼がキリルや王都の様子を見て、もし宿敵も毒に冒されていたら——と考えていたなら内心穏やかではいられないだろうし、出会ったばかりの男に安否を問おうとするのもわからないでもない。わからないでもないが、言い方だ。

答える気のない男へ向けられた足は止まらないようだ。

「それ以上近づくと身をもって正義の痛みを知ることになるぞ」

「正義だと？　笑わせる」

「なに⁉」

偽善を嘲り、善悪の境を嗤うイオリには、この男の高慢で独善的に映る正義の代弁者然とした態度が気に食わなかったのだろう。

「己の主張だけ強要する貴様の正義の拠り所はなんだ？　貴様の正義が絶対か？」

「それは……私の精神だ！　高潔な精神こそ普遍の正義の源だ！」

この遣り取りを聞いてもなおイオリが暴力に訴えないと信じられるほど、あたしはおめでたくない。そもそも彼が嫌う暴力ってなんだっけ、と自問自答するくらいにいつも呆れている。

「イオリ、なにをする気ですか⁉」

ああもう、どうなってるのか気になって仕方がない！

「やむを得ん……。悪党は私が更生させてやる！」

あたしは我慢しきれなくなり、脱兎のごとき速さで振り返った。

「すぐ楽にしてやる」

すぐに二人が目に入った。

イオリはいつものようにズボンに手を突っ込んだまま男を睨めつけている。

もう一人の男が声の主。軽く跳ね、体を左右に揺するような構えで完全に臨戦態勢に入っているのがわかる。

イオリより背丈が低いけれど、白い袖なし服から伸びた腕は筋肉でみっちりしていて体も分厚い。

あたしの目から見ても格闘術を嗜んでいるエルフに見える。髪の毛も瞳も黒いのでハーフエルフだろう。

「いくぞっ！」

男は自分に気合いを入れるかのように叫ぶと、しゃがみ↓そのままあとずさって↓再び立ち上がり──

「『半月斬』！」

足を踏みしめ、唐突に、側転ぎみの伸身宙返りから両脚を大きく開いて左右の踵を連続で浴びせる、軽業のような蹴りを放ってきた。回転の軌跡と着地後の開脚姿勢は、確かに技名のように半分だけ欠けた月に見える。

見事な技に目を奪われたあたしはイオリがこれを『霞』という回避動作で避けていたことに、遅れて気づいた。

「無駄だ。俺は貴様の技を知っている」

「私も有名になったものだ！」

前後に大きく開いてしまった脚では隙だらけ──と思っていたが、男はその間にも奥義の所作をすませていた。

恐らく、しゃがんで気合いを溜め↓立ち上がると同時に放つような技。

「『飛燕斬』！」

あたしの予想は当たった。

逆蜻蛉を打って蹴りを繰り出す、これまた軽業のような技でイオリの視界の下方から攻めてくる。

彼は姿勢を低くし、両腕を交差させて男の足を防ぐが、蹴りの勢いに圧され幻想亭の壁際まで追い詰められてしまった。

　これを好機と見た男は軽く後ろへ飛び退き、誰もが目を見張るような速さで奥義の所作――しゃがみ→そのままあとずさって→再び立ち上がった→かと思うと再びしゃがんであとずさり→いきなり前進に転じて、両足を強くその場で踏みしめるというややこしさ――を完了させた。

　今までの技は小手調べ、と言えるほど凝りに凝った所作だ。

「『鳳凰脚』‼」

　敵を牽制するかのごとく片膝を上げた体勢で、男が一気に間合いを詰める。まるで地面すれすれを飛んで来ているような錯覚を起こさせる一歩だ。

　それでもイオリの顔に焦りの色は見られない。

　所作の長さから必殺の奥義だろうと想像がつくのに。

「ハッ！」

　男の膝頭が体に触れる直前、彼は頭上ぎりぎりを跳び越し後方へ蹴りを繰り出した。

　マントがまるでドラゴンの翼のように大きく翻る。

「むぅっ⁉」

　正面から来ると思っていた反撃が意識外の背後からだったことに男は唸った。

　まったく防御ができなかったからだ。

　前方への攻撃や防御をまったく考慮していない、恐ろしく割り切った空中蹴り。

　技を延髄へまともに喰らった男とイオリの位置は逆転し、今や幻想亭の壁を背にしているのは男のほうだった。

イオリが嗤う。

狙っていたんだ。

この瞬間を。

壁際に追い詰められた？

違う。

誘っていただけだった！

着地後即座に『九式』で男を壁に縫い付けたと思いきや、瞬く間に右肘が叩き込まれ『琴月　陰』に繋がった。

しかし今回の技はいつもとは違っていた。

「ごおおおおっ――」

本来、左手で掴んだ敵の頭は地面へ叩きつけられ、そこで炎に灼かれる。

ところが今、彼は男の頭を潰れよとばかりに壁へ強く押し付けていた。

壁にはひび割れが生じ、四方八方へ広がっていく。

「死ね‼」

ここで爆発……。

「うああああ‼」

紫色の炎は男だけでなく幻想亭の壁も一緒に灼き崩し、あたりに瓦礫と埃と火の粉を散乱させた。

男はもんどりを打って店内に転げ込むが、両腕で体を起こしなんとか立ち上がろうとしている。

「これが俺の拳(けん)だ。どうだ、更生させてみるか？」

が、イオリの勝利宣言を聞くこともなく、気を失ってしまった。

あたしにはこの台詞が、気安く口にされる「正義」という言葉への苛立ちに思えて仕方がない。

「わ……私の店ぇ……」

か細い声を絞(しぼ)り出したのは馬上のキリルだ。

口を半開きにし、ただでさえ悪い顔色も青を通り越して紫に見える。

この惨状(さんじょう)を見ていると炎の照り返し……だとは言えそうにもない。

×　×　×

「私もまだまだ修行(しゅぎょう)不足だな」

アルテナのポーションを断り、先祖伝来という練薬(ねりぐすり)を顔に塗(ぬ)りながら男は苦笑した。

「申し遅れた。私の名はギン。この王都で武術を通じて咎(とが)持つ人々を正す『咎人(とがびと)更生塾(じゅく)』を開き、はばかりながら『正義の教育者』を名乗らせてもらっている」

「それは素晴(すば)らしいお仕事ですね」

壁に空いた大穴を間仕切り布で応急処置していたアルテナが戻ってきた。

幻想亭には誰もいなかったので今はこれで十分。支店に比べて格段に質のいい調度品類に積もった埃までは掃除する気になれなかった。

「そう言ってもらえると光栄だよ。それなのに私は……。先ほどはすまない、思い込みからとんだ勘違いをしてしまったようだ」

素直に頭を下げるあたり、思い込みが激しい割になかなかの人格者なのかもしれない。

「しかし……」

ギンは――じゃない、絶対あたしたちのなかでも最年長っぽいので呼び捨ては失礼だ。

ギンさんは二階へ通じる階段を見上げたままあたしたちに訊いてきた。

「彼の技と炎はいったいどういうことなのか教えてもらえるかな？」

キリルの容態は昨日に比べいくらかましになっていたが、それがなんの理由によるものかわからないため大事を取って二階の自室で寝かせることにした。

それに付き添っているのが今ここにいないイオリだ。

「あ……」

「あれ……」

「「あれはそのぅ……」」

アルテナとあたしが顔を合わせて、どうしたものかと目で会話をしてみる。細かな意見交換などできるわけがないが「秘密にしておこう」という部分だけは一致したように思えた。

「実は私たちにもよくわかっていなくて、とても遠くにあるニホン国の武術だとかなんとか言っていたような言っていなかったような……」

いらない情報を付け加えるとボロが出やすくなるっていうのにアルテナは～……。

でもまー、説明がつかないのは嘘じゃあない。

イオリの生み出す炎がズルいと思うのは、魔法物理学的に言うと直接精霊の力を引き出しているとしか思えないからだ。こっちの世界の理では絶対にあり得ない。それにここ数回の戦いを見るに、彼の炎の威力は徐々に強くなってきている気がする……。

「異国の武術、か。確かに類いまれな格闘能力の持ち主だとは思う。が、決して褒められた人格の人間ではないようだね。失礼だが、やや精神が歪んでいる」

「です……、かねー……？」

完全には否定できないところがつらい。

それでも一緒にいたいと思うのは、そんな不安定で危なっかしいところから目が離せないから？

じゃあこれは母性本能？

アルテナも納得したようなしてないような、微妙な顔つきで悩んでいる。それでも、いつまでもイオリを話題にしてるとその内に魔王の話に飛び火しないとも限らないと考えたのか、彼女は強引に話題を変えた。

「ところでギン殿は、ヨード川の毒水で体調が崩れたりしなかったのですか？」

「ふむ……。しばらく不調続きだったが、今はそれもあまり感じないね。見てのとおりハーフエルフだからかな？」

五感の鋭敏さは事実、純血のエルフとハーフエルフでは大きな差がある。上で休んでいるキリルを見れば一目瞭然だ。

自分の髪の毛を指しつつ笑っていたギンさんが、はっと思いついたように真顔になった。

「いや、武術を研鑽しているからかもしれないな。健全なる精神は健全なる身体に宿る、と言うだろう？　それらは武術の鍛錬でこそ得られるものだからね！」

「は……はぁ」

なんか面倒なことを言いはじめたぞ……。

「どうだい、君たちも私の塾で――いや、咎人以外でも大歓迎だから心配は無用だよ。月謝はここで出会えた縁もあるし、ひと月目は免除しようじゃないか！」

第一印象どおり押しが強い人だ。でも決して悪意があってのことじゃなく、むしろ善意からの申し出なので余計に断りづらい空気ができてしまっていた。

「あたしは魔法使いなんでぇ……アルテナのほうがぁ……」

「えっ！　私に振る⁉」

ごめん。

「そうか、君は剣も嗜んでいるから武術の素養はありそうだね」

「で、でも、ギン殿。私はエサーガ公国の騎士なので……」

「ああ、なるほど。ならこうしよう、私が騎士団に武術を指南――」

「金か銀か知らんが、そこまでにしておけ」

イオリが下りてきた。

闇夜の灯火とはこのことだ。

アルテナとあたしのすがりつくような瞳に、彼の眉が一瞬寄った。

「殿下の具合はどうですか？」

「今は寝ている。熱も下がってきているようだ」

「それはよかった！　王女様と聞いた時は一刻も早く王宮へと思ったが、なによりだよ」

あたしもそうするべきだと考えていた。

それでも本人が幻想亭を指定したからには、よっぽど王宮に戻りたくない理由があるんだろう。

「言え、貴様はここでなにをしていた」


ギンさんは面倒がることなく、あたしたちに語ったのと同じことを自己紹介も兼ねてイオリに話した。そして、ミクニをひと通り見て廻り、元気でいる人は皆無だったことも教えてくれた。併せて、旅人や商人の出入りがないためキョウの所在はわからないということも。

事態がのっぴきならないところまで来てるのは理解できたが、どこから手を付けていいのかもわからない。常識的に考えればキリルと一緒に王宮へ行って対策なりを練るべきなんだろうけども、それもできない状況だ。

場当たり的な対応でできることからやっていくしかないのか……。

「ところで君たち、ヴォルトというハーフエルフの男を知らないかな？　昔、ここで肉屋をやっていた男なんだが」

「いえ、生憎面識はありません」

アルテナが首を振り、あたしも頷く。

「その人、なにかしたんですか？」

「実は私の塾の生徒なんだ。咎人とはいえ修行次第で更生は十分可能だが、途中で逃げ出してしまってね。このままでは本人のためにならない」

ギンさんは真面目そうな人だから指導もきっと厳しいだろう。でも、脱走するほど……というのはちょっと怖い。また入塾しないかと誘われても絶対に断ることを固く誓った。

「それで連れ戻そうと……？」

「ああ。ナンコウまで捜しに行ってみて、帰って来るとこの有様だよ」

それは案外、不幸中の幸いだったのかもしれない。

ミクニを離れていたハーフエルフだから、毒水の影響が最低限ですんだのではなかろうか。

「ナンコウとは南にある港のことか？」

黙って話に耳を傾けていたイオリがひと言だけぼそっと訊いてきた。

場所のことを訊いているのだろうけど、あたしには「北にも南にも港はないけど……」としか答えられない。

「そうか」と言ったきり、彼はまた黙り込んでしまった。

ハーフエルフも純血のエルフほどではないがそこそこ耳がいい。

イオリがナンコウの名前を出したことで、ギンさんが話に乗ってきた。

「ナンコウから見る『アワヅ島』の空に、普段なら光貨を割った時にしか現れない緑の極光が見えたんだ」

アワヅ島は王国の西、『ザッカーワン海』の向こうにある島だ。今は鎖国中で交流はほぼないが、神国オーベンザッカーという帝国が支配している。

オーベンザッカーに新皇帝が即位し『ザッカー帝国』の名を捨てた二年前よりももっと昔、帝国は王国の南部に広がる『大ザッカー平原』や大陸の東方にある『南貴皇国』、ほかいくつもの国を統治していた。そして夕陽に浮かび上がる美しい島影を見て、人々はアワヅ島を「西のまほろば」と呼び称えていたそうだ。

「あれはなんなんだろうね」

島の空に極光——不吉な前兆でなければいいのだけど……。

×　×　×

幻想亭に残されていた硬くなった白パンと干し果物で軽い食事を終えたあたしたちは、ひとまずキリルに与える解毒薬を求め、手分けしてミクニ中の薬品店を当たることにした。魔法による治癒も効果がないとなると、天才魔法使いのあたしでも手も足も出ない……。

あたしが地理に疎いイオリと組み、何度か来たことのあるアルテナは独りで廻る。イオリは文字も読めるので一人で行動できるけれど、閉まっている扉を蹴破ったり、硝子を割ったりしないとも限らないのであたしが同行することにしたのだ。アルテナは不服げだったが論理に破綻はないので承服してもらうしかない。キリルは幻想亭に残し、ギンさんに看てもらうことになった。

しかし酷い……。

家々の扉と窓は閉ざされ、店々も閑散としている。

音の消えた街というのはこんなにも寂しいものだったのか。

こうなるとここだけじゃなく、ヨード川流域に面した村やナンコウにも多かれ少なかれ被害は広まっているだろう。

吹き抜ける秋風が体を震わせるのは、気温のせいだけではないように感じられた。

数軒の薬品店ともぬけの殻になった冒険者ギルドを廻り、あたしは確信した。

ここに解毒薬は……ない……。

あたしたちが普段使う薬には、粉薬、液薬――ポーション――などの内服薬と、練薬などの外用薬がある。なにが毒水の引き起こす症状に効くのかわからないのでお金の許す限り手当たり次第に試してみようと思っていた。それが、開いていない店に解錠の魔法で不法侵入してまで探したのに、どの店の棚も在庫もすっからかんだったのだ。

「以前、薬草だの毒消し草だの、妹がゲームで騒いでいたことがある……」

「その草が薬の原料なんだよね……。このぶんじゃそっちも全滅だろうなー」

イオリが少しでも気にかけてくれていたのは嬉しい。彼は彼で、自分の持てる情報を無償で提供することになんの躊躇いもないのだ。それは損得で生きていない証拠なんだろう。

あたしは無事に解毒薬が見つかったら、超級魔法使い養成学校の校長の許へ行ってみるつもりだった。戻ったついでに、お預けになっていた卒業証書をもらうためだ。

しかしこの様子で純血エルフの校長だけが発症していないとは到底思えない。

早々に諦めることを決め、アルテナとの合流を目指した。

合流地点は王宮の宮門前ということにしてある。

×　×　×

水路を流れる水は絵の具を溶かしたように蒼い。いつもならさらさらと流れているはずなのに、ところどころで澱んでいる。綺麗な色をしているが、キリルのことを考えるととてもそうは見えない。

王国の水が良質な理由は、イクマー山地やヒガツ丘陵に滲み込んだ豊富な雪解け水や雨水が常に安定して湧き出ているからだ。そんな水を大切に使うため、ミクニの家々には『水門壺』というものが設置されている。簡単に言うと、雑水の上澄みだけを流すための仕組みだ。残飯や汚れは壺の下に溜まり、炭で濾過された水だけが流れていくという先祖の知恵だった。

栄養分が流れ込まないと川は汚れず、透明度も高くなって魚も鳥も獣もやってくる。そしてそれをあたしたちが狩る。回り回って自分に還ってくることなのだが、それも水が汚染された今となってはなんの役にも立ちはしない……。

「俺たちの世界には、水清ければ月宿る、という喩えがある」

あたしが水路を哀しそうに眺めていると、イオリが空を見上げながら独り言のように呟いた。

「喩え……？」

ぼやっとした返事に彼の目は見えない月を追っているかのように下りてきて、あたしに注がれた。

「私心を去ったお前の行動はいつか報われるだろう」

よくわからない喩えだ……が「報われる」というひと言があたしの心を鷲掴みにした。

彼と二人でこうしている時点でかなり報われていると思っていたので、これ以上報われたらどうなってしまうんだろう、とか現状にそぐわないことに頭の中が傾いてしまう。

「いつかじゃなくてー、今がいいなーッ！」

——と腕に抱きつくのも今回ばかりは照れ隠しなのだ。

×　×　×

「どうしたんですか、その頭⁉」

髪の毛が少しチリチリになったあたしを見てアルテナが驚いた。

そりゃあそうでしょう、自慢の栗色の髪が焼き栗よろしく焦げていれば……。

「………」

「ふぅん……、そういうことですか。やっぱり組ませるのは失策でしたね、イオリ」

あたしは黙秘で通すつもりだったのに、すべてを察したような目でアルテナが彼の腕を取った。

「解毒薬はありましたか？　こちらはまったく……です」

「同じだ」

「じゃあ予定どおり、行きましょうか」

そのまま彼の腕を引き、衛士のいない宮門をくぐっていった。

ここに残されても困るのであたしもすぐにあとを追う。

ヒガツミ魔導王国の王宮『ヒガツヨード宮』――ここに来るのは最後の手段だと考えていた。自立心の強いキリルなら、王女という立場を利用したこんな直訴（じきそ）めいたことはしないだろう。でも、あたしはキリルじゃないので万策（ばんさく）尽（つ）きた以上、平気で頼（たよ）る。

王宮はヒガツ丘陵の段丘崖（がい）と、そこに根を張った巨大（きょだい）な樹をくり貫（ぬ）いて造られている。巨大な――といっても並の巨大さではない。城が一つすっぽりと入るような大きさで、幹や枝の内部がそのまま広間や部屋、回廊（かいろう）になっているのだ。

そこへ至る道は外敵の侵入を防ぐためつづら折りになっていて見通しが悪い。あたしが角を曲がると次の角をイオリとアルテナが曲がる。そんなことを幾度（いくど）も繰り返し、ようやく崖に穿（うが）たれた王宮の門扉（もんぴ）にたどり着いた。

鉄製の扉は固く閉ざされていたが、横にある脇戸（わきど）は施錠（せじょう）されておらず、不用心この上ない。

あたしたちは幹の梢（こずえ）にあたる部分に造られた廊下（ろうか）まで来ていた。ほぼ樹冠（じゅかん）――王宮の最上部といっていい場所だ。樹を内側からくり貫いた通路なので、温かみのある色が目に優（やさ）しい。

そこでアルテナが壁に飾られた浮上彫を興味深そうに観ている。

「これ、アリギエーリですね」

彼女が何度か王国を訪れたことがあるように、あたしも何度か王宮を訪れたことがある。なのにあたしは今の今までこの作品を観たことを忘れていて、彼女の言葉で唐突に記憶が甦ってきた。

そこには尻尾を剣で貫かれ、地面に縫い付けられている三つ首のドラゴンが描き出されていた。

「あのドラゴンか……」

「説明文がないからわかんないね。でも、尻尾の剣って……」

「竜の尾に剣……。クックックッ……」

題材の光景に心当たりがあるわけないのに、イオリはなぜか笑いだしている。

見当がつかないのでちょっとだけ不気味……。

(『天叢雲剣』……、またの名を『草薙剣』……)

「笑ってないで行くよー」

目的の場所はすぐそこだ。

廊下の突き当たり、記憶にあるよりは簡素な造りの両開きの扉を前にして、あたしは唾を呑み込んだ。

「柄にもなく緊張してるんですか?」

アルテナめ……。

そのとおり、あたしは緊張しているのだ。

友達としてキリルに招かれ、ほとんどは彼女の部屋や庭で遊んでいただけだったけれど、一度だけ今になって考えると冷や汗ものの冒険をしたことがあった。キリルと二人でこっそり忍び込んで怒られた部屋――がここなのだから。

「アルテナもすぐにわかるよ。だってここ、ヨード女王の私室だから」

彼女に息を呑む間も与えず、あたしは扉を叩いた。

ややあって、中から「お入りなさい」と入室を促す声が聞こえてきた。

キリルの母君だというのに相変わらず若々しい声で、声色もそっくりなので違和感が凄い。ハイエルフ畏るべし、だ。

よし――大きくひと呼吸し、片側の扉をゆっくりと引き開ける。

入口からは女王のいる場所は見えない。

もう少し中に入らないと――

「よく戻ってきてくれました……、キリル……。心配していましたよ……」

「ッ？」

「あなたに黙って話を進めたこと……、許してください……。いくら前ザッカー帝国の皇太子とはいえど……、会ったこともない相手との婚約なんて……、嫌よね……」

「えええええッ⁉」

こ……婚約⁉

ザッカーの皇太子と⁉

キリルが⁉

お……お……に……ここここ皇太子と……ッ⁉

「どなたか一緒なの……？　ごめんなさいね……、ミクニの様子を見てわかるでしょうけれど……、私も毒に……、冒されてしまっていて……」

ああ……、頭が混乱している。

突然なんの備えもなく明かされたキリルの婚約話と、やはりヨード女王も例外ではなかったのか、という喫緊（きっきん）の要事。

でも、二人を見ると混乱しているのはあたしだけのようだ。

アルテナは王族同士の縁談（えんだん）なんてよくあることなので別に、という感じで、イオリはまったく興味がないとみえ、目を閉じて突っ立っている。

キリルが男装までして一人旅をしていた理由がやっとわかった。

婚約が嫌で王宮を抜け出したんだ。

縁談が無理矢理進められたとか――っていうあたしの想像は当たっていたんじゃあないか。

まったく、とんでもない行動力の王女様で、とてもあたしの友達らしいと思えて変に嬉しくなってきた。これならザッカーの皇太子とも案外お似合いかもしれない。

「あなたがお友達を連れてくるなんて……、珍（めずら）しいわね……。前はお友達といえば……、リリリゥムちゃんしかいなかったのに……」

んんんんー？

あたしの聞いていた話と全然違う……。

彼女、「私は友達なんてたくさんいるけど、あなたは独りぼっちでしょ？　私が遊んであげるわ」ってお姉さんぶってたのに。

友達がいないのって自分のことだったんじゃないか……。

回復したら絶対婚約話でからかってやる！

とは言いつつも、これ以上鳴りを潜めて王族の内情に聞き耳を立てるのはばつが悪いので、あたしは声を上げることにした。

「長らくご無沙汰しています、ヨード女王陛下」

「その懐かしい声は……、リリリゥムちゃん……？」

「はい、女王陛下におかれましてはお体のご容態、お見舞い申し上げます」

「そんな堅苦しい物言いはよして……。近くへいらっしゃい……」

「はい」

ヨード女王の許へ向かう前に、ちらっとアルテナを見るとなにやら笑いを堪えているような顔をしていた。口許が微妙にぴくぴくしているのがわかる。

どうせあたしが普段と違う言葉遣いだから面白がっているのだ。

なら、とイオリを見ると、眉間に皺が寄っている以外なんの表情も浮かべていない。眉間の皺に関しては、この状態が普通なので逆に気持ちが落ち着くくらいだ。

あたしは二人を伴って女王の臥せっているベッドに近づいた。

柔らかな羽毛の掛け布団の下で女王が血の気のない顔をこちらに向けている。

微笑んではいるが青い目の光には力がない。

「こ……こちらのお方がヨード女王陛下………!?」

いつもなら王族には膝を折って拝謁する騎士のアルテナが、阿呆の子のように口を開けたまま女王を見つめていた。あまりの若々しさに理解が追いついていないと見える。

ヨード女王が娘のキリルと並んだ時、姉妹と聞いて疑う人はいないとあたしは卒業証書を賭けて保証できる。それほどまでに女王は若く美しかった。

キリルのエルフ年齢が二四歳で見た目は一七歳。ヨード女王のエルフ年齢はゆうに二〇〇歳を超えているのに見た目は二四～五歳、という感じなのだ。

「キリルは……、一緒ではないのね……」

残念そうに目を閉じた女王だったが、気を取り直してあたしたちの訪問を歓迎してくれた。

「こんな姿で申し訳ないけれど……、よく訪ねてきてくれたわね……、リリリゥムちゃん……。身内の恥を晒すようなことをして……、決まりが悪いわ……」

「いえ、お気になさらず。あたしたちならすぐに忘れちゃいますから」

あたしの軽口に少しは気持ちが和んだのか、ヨード女王がイオリとアルテナを見てなにかを言おうとした時――

無礼にもイオリはベッドに膝をのせ、遠慮会釈もなく女王にずいと顔を近づけた。

アルテナにもあたしにも、止める間がない。

彼は手の平で女王の額の熱を測ると続けて下瞼を指で伸ばし、まじまじと結膜の血行を確認。「熱はこちらのほうが酷いな。血の巡りはあの女と同じだが、やや深刻だ」と宮廷医のような診断を下した。

手っ取り早く病状を確認しようとした結果なのだろうが、あたしにとっては相手が相手なので畏れ多くてしようとも思わない行為だ。

戸惑い、目をぱちくりさせるヨード女王の頬と耳の先に少し血の気が戻ったのは、成果ではあるけれど。

礼を執ることもなくなし崩しに終わった自己紹介のようなものに続き、ヨード女王からイオリへ公式な謝罪があった。エサーガ公国からの魔王出国のお触れを受け、ドラゴンを斃したイオリを入国禁止にしていた件についてだ。

ヒガツミ魔導王国とエサーガ公国は友好関係にあるので、一方から警告があれば受けた側はそれなりの対応策を講じる。国として当然の措置だが、あたしたちの説明で一旦解除する運びとなったのだ。

エサーガ公の専政でなんでも決められる絶対君主制の公国と違い、王国は立憲君主制の国なのでこういった措置は本来は議会での承認が必要になる。……なるものの、今はその議会がまったく機能していないため女王に全権が委ねられていた。

ただ、王国にも入国を禁ずるだけの理由——というか言い伝えがあった。

ヨード女王の語ったこの話は『去来今』の内容とも符合する部分があるため、長らく王族の間で封印されていたものだという。現在生きている人間でこれを知っているのは、ここにいるあたしたちだけらしい。

曰く――その昔、炎を生む鋼の筒を持った男が二人、異世界から来訪し暴れ回ったのち還っていったのだ、と。

こうした言い伝えを識る女王だからこそ、イオリを脅威と判断できたのかもしれない。

しかしこの内容は彼にとって朗報だ。すべてが真実なら、還る手段が存在するということなのだから。

アルテナとあたしの心中は千々にかき乱されるが、それは別として喜ばしい情報だった。

それにあたしも嘘つきの汚名を着ずにすんで嬉しい。彼を王国へ誘うために並べた理屈の少なくとも一つには、手がかりが見つかったのだし。

次はあたしがキリルの無事を伝える番だ。

「実は、キリルも一緒にミクニへ戻ってきてます」

このひと言でヨード女王の顔にやや生気が蘇った。

「ただ、陛下ご同様……」

すべてを告げなくても理解してもらえるほど、エルフに蔓延した毒水による病は由々しい問題だ。

そしてその解決策を求めて、最後の手段であるここに来た。

愛娘のために力を貸してくれるだろうと考えてのことだったが、女王の容態がこれでは……。

「私たちは、ハイエルフの高等治癒魔法や王族秘伝のポーションなどがあるのではないかと思い、ここまで来ました。もし女王陛下がそれらをお持ちなら……」

アルテナにも最後まで口に出す意味がないことはわかっていたろう。一国の君主ですら床に臥せっているのだからそんな都合のいいものは存在しないことくらい、とうに理解できていたはずだから。

それでも言わずにいられないのは彼女が真っ直ぐすぎるくらい真っ直ぐな騎士だからだ。

もしかしたらなにかのきっかけで思い出してくれるかもしれない、という髪の毛一本ほどの可能性も無駄にしたくないのだろう。

あの時と同じだ。

イオリがアリギエーリの幻覚魔法で精神攻撃を受けていた時、彼女は命を賭して戦い抜いた。

できることをしないのが絶対に許せない、ちょっと面倒な女騎士。

でもあたしはいつの間にか、そんな一生懸命なところが好きになっていた。

だからあたしも食い下がってみよう。

「どんなちょっとした可能性でもいいんです。なにか――」

「諦めろ」

アルテナとあたしのすがるような想いを断ち切ったのは、イオリの冷たい宣告だった。

「埒もないことをぐだぐだと。貴様らは壊れたレコードか」

「また訳のわからないことを言って！　皆を見捨てろってことですか⁉」

アルテナがすぐに抗議する。

フン、と鼻で嗤う彼にさすがのあたしも腹が立ってきた。

でも――

「為すべきことの順序すら忘れるほど、貴様らは耄碌したのか？」

「順序……って……」

「これが死に至る病だとしても、命尽きるのが今でないのならやることは一つだ」

「……汚染の源だッ」

ようやくわかったか、と彼が馬鹿にしたような目をあたしたち二人に向ける。

そうだ、場当たり的な対応できることからやっていく意味を近視眼的に捉えていた。たとえ今、解毒する術が見つからなくても、必ずしも最初に薬を手に入れなければならないわけじゃない。それは並行しておこなえることだし、汚染の源を絶たない限りまた同じことの繰り返しになるからだ。

「お願いです……」

見ると、ヨード女王が病身を押して立ち上がろうとしていた。

介助に駆け寄ろうとするとイオリの手があたしを制し、行く手を阻む。

なにするの、と思ったのもつかの間、女王は背筋を伸ばし毅然たる態度で彼を見据えると語りはじめた。

これまでの弱々しさはどこにも見られない。

彼と拳一つほどしか変わらない長身と年齢を無視したしなやかな肢体を、透けるように薄い生地のドレス風寝間着が隠している。解かれた金色の長い髪は肩から胸を覆い、神々しい輝きが眩しい。

これが君主の威厳なのかとあたしですら感動を覚えた。

「このヨードリーバーク、心からお願い申し上げます。ドラゴンスレイヤー・ヤガミイオリ殿、ヒガツミ魔導王国を……いえ、我が民をお救いください。王宮の備えるあらゆる手段を用いても、川の水を解毒することは叶いませんでした。もはやおすがりできるのはドラゴンすら斃すあなただけなのです」

略していない本名を名乗り、イオリへの最大級の礼を尽くしたヨード女王は深々と頭を下げた。

「勘違いするな。いつ俺が貴様らの保護者になった」

ちょっと、なに言って――

一国の、それも魔法立国ヒガツミ魔導王国の君主の願いにこんな台詞で返す人間って、いるのか？

一人だけ目の前にいるけれど、もう頭が追いつかない。

そりゃあ「よし、任せろ」なんて言う人間でないことは重々承知している。だけど、今回はドラゴンより規模の大きな危機なのだから、少しはこう……。

「イオリ、なんでそんなこと言うんですか！」

ほら、アルテナだって慌ててる。

思ってもいない返答に気が遠のいた女王は、力が抜けたように崩れ落ちてしまった。

それをすんでのところで支えるイオリの行動にあたしは意味を見出そうとしたが、すぐに無駄な行為だと気づき成り行きを見守ることにした。

「自ら死を選ぶ者に誰が力を貸す」

女王をベッドに放り投げると、彼は「座るぞ」のひと言もなくかたわらにある椅子へ身を沈めた。

脚を組み、あたしがアルテナと二人でベッドを整えるのを眺めている。

正確には眼だけがこちらを向き、意識はどこか遠くへ飛ばしているように見えた。

それは、毒水の汚染に関してなのか、異世界から来て還っていった二人に関してなのか、それともやはり宿敵に関してなのか、判断はつかない。


イオリの言う「自ら死を選ぶ者に誰が力を貸す」とは、魔物に備えろという意味だった。家の鍵を掛けもせず敵を招き入れるような行為が、王国が望んで自死を選んでいるように彼には見えたらしい。そこに彼は苛立ちを感じていた。マミナ村も襲撃された事実があるため説得力がある。

では。

具体的には、病状が軽いハーフエルフのギンさんに少しでも多く詠唱輪を復活させてもらい、ヨード女王には国庫から自動詠唱用に光貨を供出してもらう。コボルトやゴブリン程度の魔物までしか防げない魔法でも、ないよりはましだろう。

その間にあたしたちは汚染源と見られるイクマー山地の水源へ向かう。彼の口から「行く」という言葉は出ていないが、あんなことを言った以上、来てもらう。

ただ、汚染の源を絶つとは言っても、毒の流出を止めるのか水源自体を移すのか、行ってみなければわからない。今はとりあえず行動してみるのが先だ。

あと一つ気にかかることがあるとすれば、王国には侵してはいけない禁忌が存在していることだ。

この国では、死んだエルフの魂（たましい）は森へ還り水を護（まも）る、と云（い）われている。そのため水源の地は、そこを護る水守人（みずもりびと）以外は立ち入ってはいけない聖域になっていた。キリルは気楽に「汚染源を探（さぐ）ってみたら」と言っていたが、実際に許可を得るとなるとそう簡単にはいかない。そしてそこに「水源の地を侵せば王国に災（わざわ）いが降りかかる」という迷信の類いがあればなおさらだ。

だから王国議会はこんなになるまで無策で放置していたのだと想像はつくが、その結果、被害を拡大させてしまっては無能の烙印（らくいん）を押されても文句は言えまい。

それでも、ドラゴンに対して及（およ）び腰（ごし）だったあたしも、今回禁忌を犯（おか）すことに関してはあまり躊躇いを感じない。災害みたいな伝説上の魔物に比べると実際に災害なのだからというのもある。ただ……、一番大きな理由はやっぱりこの国が好きだから、だろう。

「水源の地へ向かうこと……、決して咎めだてたりはさせません……。ですが……、くれぐれも……、気をつけてください……」

「なにかあったのですか？」

「あなた方の前に……、議会には内密で冒険者ギルドへ……、水源調査の依頼（いらい）を……、出しましたが……」

事態は呑み込めた。

依頼は完遂（かんすい）されなかったのだ。

「誰も戻ってこなかったんですね」

あたしの確認にヨード女王は力なく頷いた。

「お金に代えられるわけでは……、ありませんが……、ギルドへの依頼金は……、すべてお渡しします……」

ギルドは持ち込まれた依頼を冒険者たちに斡旋し、その成功報酬の一部――依頼ごとに割合は異なると聞いた――を得ることで運営されている。それが手数料を差し引かれず丸々もらえるとなると……！

愛国心は愛国心でさておき、魔法使いはなにかとお金――というより光貨が入り用なので断る筋合いはない。イオリとアルテナが孤児院に気前よく置いてきた分も回収しないといけないのだ。

「任せてくださいッ」

ギルドに登録してるあたしが直に依頼を受けるのは本当なら禁止されている。が、今は緊急事態。悠長な手続きで時間を無駄にしている暇はない。

「よかった……。水源の地には……、ドラゴンが棲むと云われているので……、この依頼を果たせるのは……、ドラゴンスレイヤーをおいてほかに……、あり得ないと思っていました……」

「え……ッ⁉」

思わずイオリとアルテナの顔を見るあたしだった。

二人とも顔を逸らし肩をすくめている。

今更断ることはできないし、そもそも断る気もないので結果は変わらないが、女王も後出しすぎるとは言いたい。

「お話はここまでですが……、あなた――」

女王はアルテナの顔を改めてまじまじと見ると、熱に浮かされ苦しい息の下なのに懐かしそうに語りだした。

「珍しい瞳の色をしていますね……。ヴィークトリアス家は代々……、紫色の瞳のはずですが……」

ヨード女王の言葉どおりアルテナの瞳はイオリの血を飲んだことで紅く染まっている。

長命ゆえに多くの記憶を保っていられるエルフならではの指摘だ。

「私の祖先をご存じなのですか？」

アルテナの顔がぱっと明るくなった。

彼女には両親も親類もおらず、自分のことを天涯孤独だと思っているので予想外の言葉だったろう。

「ええ……。二〇〇年前のことですが……、昨日のことのように……、思い出せます……。あなたにも強く面影がありますよ……」

「私は孤児だったので、祖先のことはなにも……」

「すべてが終わったら……、お話ししましょう……。あなたの家のことを……」

「ぜひ、お願いいたします！　それでは、私たちはこれで――」

「お待ちなさい……。剣はどうしたのですか……？　騎士ともあろう者が……、帯剣していないとは……」

辞そうとするアルテナを引き留め、女王は少し咎めるような声で指摘してきた。

羽織っていたマントのせいで、今までアルテナの腰に剣が下げられていないのがわからなかったようだ。

「これは先の戦いで、キリル王女殿下をお助けする際に融け——いえ、折れてしまったのです」

まー、瞳の色と交換に剣を融かすような炎を手に入れました、と正直には言えまい。それに道中、新しい剣が得られる場所もなかった。現在、彼女の武装は短剣一本という心許ない状態だ。

「そうでしたか……、キリルのために……。失礼を許してくださいね……。王宮の武器庫から……、望みのものを持っていくとよいでしょう……」

「感謝いたします」

エルフが使う剣はかなり細身でレイピアのような形状をしている。切っ先が鋭く尖っていて刺突に向くが一応両刃なのでバスタードソードを愛用するアルテナに扱えないわけでもない。炎を纏わせるとすぐに融けてしまいそうなのが心配だけど。

「本当は……、すぐにでもあなたに……、手にしてもらいたい……、剣があるのですが……」

「私に……ですか？」

「銘を『ギャザークラウディス』……。二〇〇年前……、ヴィークトリアス家へ託すはずだった……、伝説の宝剣です……」

「宝剣⁉」

あたしは色めき立った。

それもそのはず、この世に宝剣、聖剣、魔剣の噂は数あれど、そのほとんどがでまかせなのだから。でもヨード女王の口から根も葉もない噂話が語られることはないだろう。情報の信頼度が違う。

「オーク戦争のせいで……、有耶無耶になっていたのです……。今こそ……、その後裔たるあなたへ……」

しかし……、急に話が大きくなってきた……。

ハイエルフの王族とアルテナの祖先にいったいどんな関係が……。

アルテナはエルフでもハーフエルフでもない、あたしと同じ生粋の人間種だ。

血縁関係もなにもあるはずがない。

そこに伝説の宝剣ときたらもう……。

「フ……、もったいぶらず渡してやったらどうだ」

イオリの言うことはもっともだ。

あるなら今すぐ渡せばいい――とあたしも思っていた。

「できれば……、そうしたいのですが……。途中にあった浮上彫は……、観ましたか……？」

確か、尻尾を剣で貫かれて地面に縫い付けられている三つ首のドラゴン――

まさかあれが……!?

「まさかあれが……!?」

あたしの心の声がアルテナの口から飛び出した。

「ギャザークラウディスは……、ドラゴンを水源の地に封じているのです……。手にするには……」

「ククク……、とんだ贈り物だな」

これはアリギエーリじゃなかったのか。

ヨード女王が責任を果たし終えた疲れで眠りにつくのを見守ったのち、帰りの廊下で浮上彫を眺めながらあたしは漠然と考えていた。

あのドラゴンは尻尾を剣で貫かれていなかったし、封じられてもいなかった。眠っていたのを馬鹿な傭魔が魔法で起こしてしまっただけだ。ならこの作品のドラゴンは三大竜王の残り二匹の内、いずれか一匹ということもあり得る。

次に戦うかもしれない、水源の地に棲むドラゴンにも首が三つあるのか——と溜息が出そうになるが試したかった新しい魔法もあるので、以前のように怖さが優先しているわけじゃない。それと、ドラゴンを剣が封じているという状況は考えようによっては一挙両得の好機だ。上手くいけば汚染の源も絶てて、由緒ある宝剣も手に入れられる。

ただこの時「ドラゴンが毒の主じゃないの？」と皆で思っていたが、誰も口にはしなかった。『言霊』という言葉もあるのでなるべく負の想像は声——もっと言えば『音』にしないのがよいのだ。口を離れた言葉は、魔法の呪文詠唱と同じく力を持った音になるのだから。

× × ×

幻想亭への帰路、あたしたちは両手に持てる限りの水を汲んで帰ることにした。キリルの看病や食事などなど、どれだけあっても多いということはない。

ミクニには湧(わ)き間(ま)を利用した小さな噴水(ふんすい)がいくつもある。絶え間なく水が湧き出し続け、誰もが自由に飲める公共の場だ。水路の水は使えないので、この湧き水を利用しない手はない。

孤児院で使った魔法に頼らないのは、そこまでの緊急事態ではないからだ。

しかしこんなものがあっても、五感の鋭敏なエルフには救いにならなかった。毒が混入したとは思えないほどに澄(す)んだ水を飲んでしまったり、蒸発した毒気を吸い込んでしまったあとでは、いくら清浄(せいじょう)な水で洗い流しても遅い。

人間が水を摂(と)らずに生きられるのは三日が限界だといわれている。それが繊細(せんさい)なエルフになると、想像だがもっと短いと思う。魔法で水を生み出そうにも、そこまでの精神力が維持できないのはキリルを見ていてよくわかった。

「一人、二つが限界ですね」

「手は二本しかないしねー。イオリ～、行く――」

散乱している水桶(みずおけ)を使って水を汲んだアルテナとあたしが、さて行こう、とイオリへ声を掛けると……。

彼が冗談(じょうだん)でやっているのか本気なのか、ちょっと判断に苦しむ。

だって、両手だけじゃなく両脇にも一つずつ水桶を抱(かか)えるのって、普通はしないことだ。

一人で四つって……！

「イ……オ……リ……っっっっ」

アルテナが目の端(はし)に涙(なみだ)を浮かべ、口を真一文字に結んで震えている。

「少しでも多く水が必要なのだろう。お前はこんな時に格好を気にするのか？」

あたしたちは体格的に彼のようなことはできない。

でも彼は肩幅（かたはば）が広く、胸板（むないた）もとても厚い。自分の体を張ってできることをする。彼は一つも間違っていない。

なら、こういうのもきっと大丈夫だろう。

あたしは噴水の足場を利用して自分の水桶を一つ、イオリの頭の上に載（の）っけた。

「わぁ！　これで五つですね、イオリ！」

アルテナが無邪気に喜び、手を叩いている。

彼の身体能力なら、このまま幻想亭まで一滴（てき）も零（こぼ）さず歩くなんて朝飯前に違いない。

「新記録じゃない⁉」

「…………」

あたしの感嘆（かんたん）をよそに、彼は無言のまま頭を傾け——

ざばぁ————っ‼

あたしは頭のてっぺんから水をぶっ掛けられた。

火で炙（あぶ）られたり、水を掛けられたり、イオリはあたしに五大精霊の洗礼でも受けさせるつもりなんだろうか。水桶を被ったまま、あたしは自問した。

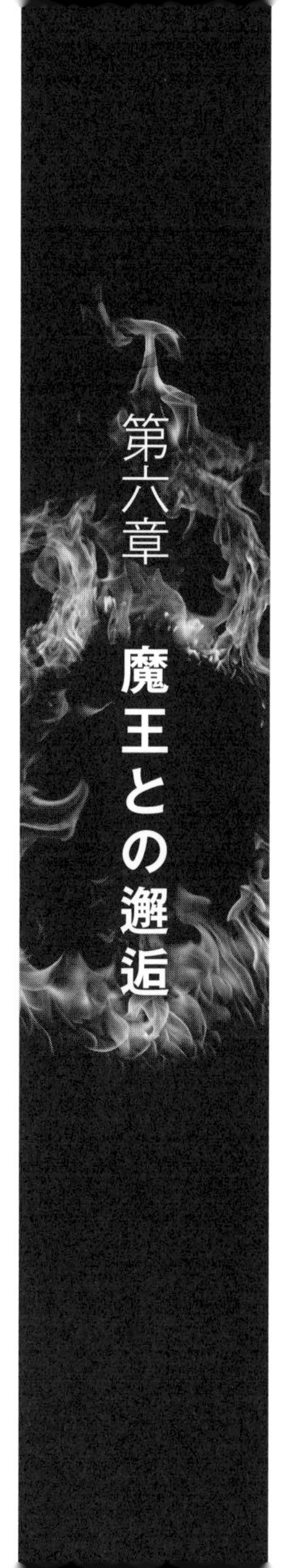

王暦二六七九年　～　一〇月二一日

「私、絶対に戻らないわよ……！」

「ははは、それだけ元気なら心配はないな。王女様は間違いなくヒガツヨード宮にお連れするよ！」

むずかるキリルをギンさんに託し、あたしたち三人は旅支度を終えた。

イオリも黙ってマントに身を包んでいる。

馬はキリルのために残していくことにしたので荷物は最小限だ。といっても往復に何日もかかる場所ではない。時間を食うとしたら調査と、もしかしたらのドラゴン退治だ。

道も川沿いに進むだけで、西ヒガツミ山の時のように迷うことはない。とりあえず水守人の小屋を目指せばいい。

「解毒薬も可能な限り探してみよう。運で見つかるほど甘くないのは、百も承知！　だが、運を呼ぶのも必要だ！」

「よろしくお願いします」

つい今しがたまで幻想亭前の大通りを広く使い、ひゅひゅひゅひゅん――とエサーガ公国騎士団伝統、朝の型稽古をしていたアルテナは剣を鞘に収め、柄頭に両手を添える公国式の敬礼で頭を下げた。

騎士の日課とはいえ、よく続くものだ。

彼女は王宮の武器庫からもっとも自分に馴染みそうな細身の剣を一振り選び出していた。鍔から柄にかけては蔓草の絡み合ったような過剰な装飾が施され、鞘も同様に華美な意匠が凝らされている。あまり使い勝手がいいようには見えないが、アルテナも一応は女子だから質実剛健な剣には飽きていたのかもしれない。

「じゃあ行ってくるから、キリルは大人しくしてるんだよ」

「リリリゥムは母上か……！」

×　×　×

ヒガツ丘陵を南に回り込み、段丘の際からイクマー山地へ分け入っていく。ミクニの中央を流れるヨード川を直接遡行することは谷間を通るため難しい。どうしても回り道になるが陸路を往くしか水源の地にたどり着く方法はなかった。

かなり登ってきたと感じたあたしは額の汗を拭うついでに、来た山道を振り返ってみた。

西に遠く、ぼんやりと島影が見える。

あれはアワヅ島だ。ザッカー帝国……ではなく神国オーベンザッカーのある島。

視線を下げると、太陽にキラキラ輝くヨード川や『サンザッキー川』が西ナーカジ地方を蛇行してザッカーワン海へ注ぐのが見えた。

そしてさらに下げると、なだらかに広がる段丘面の森と葡萄畑が目に入る。

単純に「綺麗だなー」と思える景色だ。

ふと気が付くと、イオリとアルテナもあたしと同じように黙ってこの風景を眺めていた。

これが調査じゃなく、ただの野遊びだったらどれだけ楽しいんだろう。

よしッ！　いろいろ片付いたら誘ってみよう。

その時はー、仕方ないからアルテナも混ぜてあげることにしよう。

「いい景色ですね。今度お弁当でも持って野遊びに来ませんか？」

なッ……アルテナがあたしの頭の中を覗いてる!?

「それ、あたしが先に考えてた！」

「そう言われても……」

「一一月になったら王国は白葡萄酒の新酒が解禁されるから、それ持って野遊びね」

葡萄酒自体、酒蔵に魔力を満たして燻す蒸留酒よりも手間がかからないので普通に飲まれているが、新酒にはまた別の人気がある。毎年九月に収穫した葡萄を潰さず、そのまま二ヶ月間だけ発酵させるのだ。樽で寝かせたものよりも新鮮であたしは好きだ。

「リリリ……、あなたって甘い物も好きで辛いお酒も好きでって節操なくないですか？」

「あたし、貧乏舌だから～」

まだ両親と暮らしていた時、義理の兄がよく隠れてお菓子をくれていた。甘い物を好きになった起源はそこだと思えるほど、両親はあたしに厳しかった。今となっては懐かしい思い出話だ……。

かにかくに思い出されることはあるけれど、まずイオリの頭に予定を刷り込んでしまおう。

「だから約束だよ、イオリ」

見るとイオリはいなかった。

いつの間に歩きはじめていたのか、もう先を行っている。

二人揃って慌てて彼のあとを追う姿、このパーティーでは定番の光景でまったく新鮮味がない。続いて投げかけられた彼の罵詈雑言もこれまたいつもどおり。でもこっちは逆に安心感すらあるので、慣れというものは恐ろしいなー。

「馬鹿につける薬はないと言うが、まるでお前たちのことを言っているようだ」

「私までひとくくりにしないでください。馬鹿はあなたですよ」

ひぃぃぃぃぃ……！

珍しい！

アルテナがこんな反論をするなんて。

「なんだと……？」

イオリは踏み出そうとした足を引き戻し、アルテナの目の前に立ちふさがった。

目は口ほどにものを言う……！

イオリの視線が「殺すぞ」と彼女の顔に固定された。

「い、言うまいと思ってましたが……。なぜ女王陛下に孤児院のことを話さなかったんですか。そのために来たんでしょう？」

困窮を訴えようと向かったマミナ村で領主のミガッダが死んでしまったため、ミクニまで来たのがことの起こりだ。途中でヨード川の毒水やドラゴンなど、どんどん要素が追加されてきたがそこは後付けの話になる。

「俺の目的は京――」

「それは十分理解してます。でも今あなたが気にかけているのはあの子たちでしょう」

「貴様、知ったような口を」

「それを水源の調査とかドラゴン退治とか……。どうして自分を誤魔化すんですか？」

「俺の血を飲んだくらいで調子に乗るなよ！」

掲げたイオリの右手に炎が生じ、紫色の火影が踊る。

それでもアルテナは怯まない。

「生憎、あなたの炎はもう私には効きません」

「ならば答えろ。この有様で誰になにができる」

彼の理屈も正しいのは正しい。でも、彼女がヨード女王に訴えてみれば、と言うのも正しい。結局、主義主張の問題になってしまうので、あたしはどちらの肩も持たず中立を貫くことにした。

「貴様は無策での放置を怒っていた。だが、なにも言わなかった」

「それは――」

「貴様も同罪だ。わかったら二度と、できもしないことをぐだぐだ言うな」

返答できないアルテナを尻目に振り向きざまに右手を薙ぎ払って炎を消すと、それっきりイオリはなにも喋らず歩いていった。彼が苛ついているのも仕方ない。誰にもなにもできない状態がずっと続いているのだから。

宙を舞っていた紫の火の粉がすべて消え失せ、彼が十分遠ざかった頃――

「こ……怖かったあぁぁぁ……っ」

アルテナはへなへなと地面に座り込んでしまった。

これは……、炎が効かないと言ったのははったりだ。実際に効かなかったとしても彼には爪や体術がある。彼女が本気で喧嘩しても勝てるとは思えない。本人もそれを知ってるから震えが収まらないんだろう。

「わかってます……。私のが八つ当たりだったことくらい……」

「そうだねー、ちょっと無理筋だったかなー」

イオリは本当ならすべてを放り出し、宿敵を捜しに旅立ってもおかしくない立場にいる。孤児院、毒水、ドラゴン――これらはすべてこの世界の問題で、異世界から来た彼に本質的には関係がないからだ。

それに一介の旅人である彼は、どの国のどの勢力にも加担する気はないはずだ。自分の思うまま、信じるままに行動するだけ。王国の危機だからといってなにかしなければならない義務はない。エサーガ公国のドラゴン退治や偽光貨事件にしても自分で解決してやろうと思って動いたわけではなく、結果的にそうなっただけだ。

あたしたちは彼の善意――いや、気まぐれに甘えていることを忘れがちだった。

ここでふ、っ……と思った。

無意識かもしれないが、イオリには見えているのかも、と。

いつかこれらの点すべてが線で繋がる時の来ることが。

彼、アルテナ、あたしという点が世界を超えて魔導弦という線で繋がっているのだから、これから訪れるものだけが繋がっていないなんてことは断言できない。


イクマー山地の山道には歩き始めこそ針葉樹が多く見られたが、その内に色づいた広葉樹が幅を利かせてきた。かさかさと音を立てる落葉を踏み踏み、赤や黄色に紅葉つ木々に見とれながら道を往くと麓から徐々に秋色を深めていく山の表情が楽しめる。

陽を浴びる葉も、陽を透かす葉も、濃淡併せてそれぞれに綺麗だ。

しかしこの紅葉が終わると、山はもの寂しい季節に向けて足早に冬支度を始める。

こうして山懐を歩ける時間も残りわずかだ。

どこの山でだったのかは忘れてしまった。昔、獣を狩ることを生業にしている老猟師に教えてもらったことがある。女子が山に入ると山神が怒る、と。緋熊などの魔獣はともかく獣の熊は山神の化身や遣いとされていたので、それが襲ってくるのは神の怒りだと思われていた。理由は経験則でいろいろあるのだろうが、女子を護るために創られた掟だとすると今それを現在進行形で破っているアルテナとあたしはかなり罰当たりだ。

あれからイオリの側を歩くことがなんとなくしにくいので、あたしたちは少し離れて二人だけで馬鹿な話をしたり真剣な話をしたりして付いていく。明るい話題を心がけるつもりが、ギンさんに頼んだ詠唱輪の掃除は何基できるだろうかとか、解毒薬は見つかるだろうかとか、どうしても現在抱えている問題に意識は向きがちだった。アルテナは、イオリとどうやって仲直りしようかと悩んでいるが、そんなもの「ごめんなさい」の一手しかなかろうに。ほんと、歳の割に不器用で仕方ない。

あとは――水源で汚染の原因がわかれば有効な対抗手段も見つかるかもしれないという、ちょう楽観的な話から広がる夢のような逆転劇の妄想だけが捗る。

山道は両側が鋭く削られた断崖絶壁の谷――『クラッガリ峡谷』に入っていった。

岩盤をコの字形に削って細い道が通されており、足を滑らせたら怪我ではすまない――落ちたら怪我とか関係なく死ぬという意味で――険路と言っていい。危険以外の言葉が見つからない道はすれ違うだけでも冷や汗をかくこと請け合いだ。

道自体はヨード川の左岸にあるので、往路ではアルテナが左腰に下げている剣も引っ掛かることはない。岩の天井もあたしたちの背丈ではなんの問題もない。ただ、イオリだと頭がぶつかってしまい、歩きにくいことこの上ないだろう。

目を転じると崖の上部は峩々たる岩が露出した尾根になっていて、見た目も刺々しかった。岩肌にへばりつくように根を張っている樹は、風雪に抗っているようでたくましさに溢れている。

このあたりに来ると、道がほとんど崩れてしまい丸太で補強された箇所や、その道すらなく桟道で代用されている場所も目立ちはじめ、無理矢理造った道だと強く認識できた。道を拓いた時の過酷さが、工事の実態に疎いあたしにでも想像できる。

少し歩くと大きな一枚岩が露出している場所に着いた。これがギンさんの言っていた、水源に至る道の半ばにあるという目印らしい。谷を埋めていた割れやすい岩だけが崩れて流され、残ったのがこの岩や、道を刻んだ岩盤だろう。

あの人は仕事柄、悪事を働く人と多く接しているので、水源の地に入った咎人の語る情報もよく知っていた。そこでまことしやかに語られていたのが、一枚岩の表面に現れた地層の褶曲が竜に見えることから「天に昇ろうとした竜がこの山に棲み着いた」という昔話だ。そう思って見てみるとこの波状の模様、見えなくもない。水源の地に棲むというドラゴンのことを暗に忠告しているのなら、別の意味でもここは禁忌の土地だ。

それからさらに丸太の梯子や小さな滝を越え、長時間の緊張で集中力が途切れかけた頃、蔓橋が右岸へ向かって架かっている場所に出た。眼下では、狭まった川幅と川岸と川底の複雑な形状が、蕩々と流れる水に白波を立てさせている。まるでのたうつ白い竜だ。

不謹慎にもあたしには、その白と毒水の蒼と紅葉の対比が美しいと思えてしまった。川の水は変わらず濁っているというのに。

イオリは――橋を渡る前で待ってくれていた。彼の顔が暗く見えるのは空に灰色の雲が出てきたからだ。心境が顕れてるのではないと思いたい。

目の前に架かる橋。蔓でできてると聞くと不安になるかもしれないが、この橋に使われてる蔓は太く強靱で刃物でも簡単には切れない程度の強度がある。要は安心して渡ってよし、ということだ。

とはいえ、念のため一人ずつ渡ることになった。

一番手はイオリ。

「ここで待て」とだけ言い残しやおら足を踏み出す姿に、アルテナもあたしもさっきの口喧嘩みたいな揉め事はどこへやら、すぐに異変に気づいた。

彼は橋の中程まで進むと静かに立ち止まり、対岸の崖を見上げる。

「「？」」

アルテナとあたしには意味がわからない。まさか高所恐怖症では……と疑ったのとほぼ同時に

「覚悟するでヤンス〜！」の声と共に、崖の上からなにかが降ってきた。

彼はこれを察知しており、待てと言ったのだ。

峡谷に拓かれた道は細すぎ、背の高い彼にとっては低すぎた。蔓でできた橋とはいえ、まだこちらのほうが戦うには向いていると判断したのだろう。

声の主はイオリの背後に着地するとすかさずしゃがみ込み↓気合いを溜め始めた。

白い袖なし服を着た猫背の小柄な男だ。

手には……片手に四本、両手で計八本の鉄爪をはめている！

イオリはすぐに振り向くも、男の背丈が低いため視界に入らない。

男は立ち上がると同時に拳を握りしめ、奥義の所作を完了させた。

「斬るでヤンス～！」

視界外から鉄爪の奥義が彼を襲う——と思いきや。

男はぴょんと真上に跳び、ちょんと爪を突き出しただけだった。

イオリは不意の攻撃に対処するため両腕を交差させていたが、その右袖をわずかに鉄爪がかすめる。

「アリャッ!?」

発動するはずの奥義が不発に終わったため、男は甲高い声で疑問の叫びを上げた。しかし疑問もなにも、あたしには焦って奥義の所作を失敗しただけにしか見えない。

アルテナを見ると「あるある」といった顔で頷いている。

戦いが始まった時に比べまったく緊張感がないのは、あたしたちがこの男を知っていたからだ。

幻想亭の支店から逃げ去って以降、二度と会うことはないと思っていた偽吟遊詩人にして偽勇者のハーフエルフ。一応は驚いたが、もはや脅威でもなんでもなかった。

ただ……イオリはいつもと少し様子が違っていた。

「貴様……」

「な……なんでヤンスか……？」

イオリは右袖につけられた小さな引っかき傷を凝視している。

あれはちょうどテウが繕った部分だ。

「なにをしたのかわかっているだろうな」

イオリの声は低く響き、地の底から聞こえてくる不吉な旋律のようで、あたしたちにもなにが起きるか想像できた。

「地獄で灼かれる前に俺の炎をくれてやる！」

それは勘弁とばかりに偽勇者はイオリの周りをぴょんぴょん跳ね回りだした。諦めず攻撃の機会を窺っているようだ。

あたしがもう一度アルテナを見ると「彼に対して雑な跳躍は命取りなんですよ」とだけ教えてくれた。あと、「バッタみたいで気持ち悪い」とも。

言葉どおりだった。

「バッタのようによく跳ねる奴だ」

彼が嗤うと、すぐにアルテナの言葉が証明される技があたしの目を奪った。

「おおぉッ！」

深く折り曲げた脚での跳躍。

回転しつつ両腕を広げて、紫炎の渦を生み出す技。

彼の領空を侵したものは誰だろうとなんだろうと『百式・鬼焼き』から逃れることはできない。

マントも炎の流れに合わせ、螺旋の動きを披露する。

そして頭上にとぐろを巻いた炎は、跳び込んできた偽勇者を捉えた。

季節はもう夏ではないが、あの喩え——飛んで火に入るなんとやら——が頭に浮かぶ。

「愛をちょうだいでヤンス〜〜〜っ！」

紫の炎に包まれた偽勇者は幸運なことに川へは落下せず、橋の上に叩きつけられるだけですんだ。

中折れ帽子だけがくるくると弧を描き、谷底へ落ちてゆく。

偽勇者が転げ回ってなんとか炎を消すと、そこに毛のない頭が一つ現れた。

あたしにできるのは叫ぶことだけだ。

「禿ぇぇぇぇぇッ⁉」

「に……二本先取したほうが勝ちじゃなかったんでヤンスね〜」

正座をして見た目だけは神妙な態度を取っている『切り裂き偽勇者』が面黒い冗談を言い、非難の矛先を逸らそうとしている。

本名はヴォルトというらしい。

あれだ。

ギンさんが捜してると言っていた、咎人更生塾の厳しい修行から逃げ出した生徒だ。

なんだか腐れ縁になりそうで名前は知らないほうがいいと思ってたのに、勝手に名乗ってきたからどうしようもない。

「ヤガミのダンナは爪でなんでも切り裂くって話を小耳に挟んだもんで、真似してみたんでヤンスよ。ところがすぐにギンのダンナに偽勇者だとバレちまいまして――」

「そのまま入塾させられたと」

アルテナの理解が早い。

あたしは禿げ頭をなるべく見なくてすむよう、イオリの後ろでそっぽを向いていた。

ちらっと見たところでは、黒い色硝子の丸眼鏡は幻想亭の時と変わっておらず、服装だけがギンさんと同じようなものになっていた。

「そうなんでヤンス。修行はキツイ、ダンナは厳しい、ご飯は少ない、自由はない、ないない尽くしでホント、愛をちょうだい～でヤンス」

おどけてみせるヴォルトに愛嬌を感じろというのは無理な相談だ。

「お二人とも、ご機嫌いかがでヤンスか？　女騎士様と魔法使いのお嬢ちゃん」

ここはいつもなら「超級魔法少女リリリだッ」と訂正させるところだけど、禿げ頭が脳裏によぎるとそんな気になれない。それほどあたしの禿嫌いは徹底されている。原因は……っと、そんなことはどうでもいい。ゴブリンにしろ『オクトピ』――蛸の干物だ――にしろ、禿げ上がったものが苦手ということに変わりはない！

「ダンナは相も変わらず両手に花でヤンスね～。アッシも幻想亭では――」

「答えなさい。私たちを襲った理由はなんですか？　エサーガの仕返しですか？」

さすが純情乙女、下品な話題には乗らないみたいだ。

さっと剣を抜きヴォルトの喉元に切っ先を突きつけた。

「ヒャッ！　アアアアアッシも、ささ最初は誰かわからなかったんで……ヤンスよ～！」

「わからないのに襲うとは、見下げ果てました。誰かを騙るだけならまだしも、今のあなたは野盗と同じです！」

「や、ややややめっ！　ま、ま……まま、魔王窟の奴らが……さ、先回りしてきたのかと思ったんでヤンスよ――っ‼　アッシはちょっと覗いただけなのにあいつら――」

「「魔王」窟⁉」」

三人が同時に声を上げた。

「魔王」とだけ呟いたのはイオリで、「窟」まで言って驚いたのはアルテナとあたしだ。

「や……奴らがそう言ってたのを聞いただけでヤンス！　アッシはギンのダンナから隠れる場所を探してただけでヤンス！　無関係でヤンス～～～～っ！」

水源の地に入るのは禁忌を犯すことになる。隠れるには好都合の場所なのは間違いなかった。

詐欺師の言葉をすべて鵜呑みにするわけではない。でも、あたしたちはイオリのことを魔王だと思っているわけでもないので他に魔王がいるとなると好都合だ。魔王の存在自体は問題あるものの、問題ない――ってややこしい。

冷たいものが頬に当たった。

雨粒だ。

「あ～ぁ、降ってきちゃったよ」

しばらく前から頭上を覆っていた灰色の雲が雨雲だということはわかっていた。

イオリがマントのフードを目深に被ったので、あたしたちも同様にフードを被る。これで雨を凌ぐつもりだ。

「急ぎましょう」

誰も雨宿りを提案しないのは、本降りにはならずその内上がると予想したからだろう。

ヴォルトを放免してから数時間、谷はいつの間にか消え、苔むした岩がごろごろ転がるがれ場に変わっていた。もはやどこが道なのかわからず、岩間を流れる水を頼りに進むしかない。

魔王窟は水守人の小屋のさらにその奥、山の嵎に口を開けているという。なにが潜んでいるのかはわからないが、水源の調査と同時に偵察できるのは一石二鳥だ。

少し不安なのは本当に魔王がいた時、イオリの自制がどこまで利くか——だ。この魔王が彼のように転移してきたキョウのことだったとしたら……。

取り越し苦労であればそれに越したことはない。

雨に濡れた紅葉を眺めつつ「まー、大丈夫でしょ」とお花畑満開の自分に、今となっては目を醒ませと言ってやりたい。

×　×　×

まばらに立つ樹々の間になにか見えてきた。

小屋だ。

岩だらけの地面を整地してかろうじて足を踏ん張っているような、木でできた粗末な杣小屋だった。

かなり肌寒いのに煙突から煙が出ていないということは暖を取る火が熾されていないということで、すなわち無人だとわかる。

当代の守人はとっくにミクニへ戻ってしまったのだろう。

水守人は代々ここで生き、ここで死ぬ。死んだ守人は火葬され、骨壺に収めて埋葬される。そのまま大地へ葬らないのは、水源の水に『死』が入ることがあってはならないからだ。

この掟を頑なに守ってきた守人がいなくなるほどのことが、ここで起こっている。

がらっ！

無人だと思っていた小屋の引き戸がいきなり開いた。

「こんにちは。私はアルテナ・ヴィークトリアス、エサーガ公国の騎士です。失礼ですが、水守の方ですか？」

まだ守人が残っていた？

あたしたちの目の前にいるのは、細身ながら筋肉はしっかりついている金髪の男だ。髪の毛が天を突くほど高く立ち上げられているのが思い切り目を惹く。

男はアルテナの問いには答えず、黒い瞳であたしたちを値踏みするように見ている。

「フン……またまがいものか……」

これはイオリの声だ。

ああ……。察するに、この男も彼がもといた世界の見知った誰かに似てるんだ。

今度は小屋の中から男に声がかかった。

「どうした、帽子の黒眼鏡が見つかったのか？」

帽子の黒眼鏡——ヴォルトのこと？

ということは、彼らが魔王窟の……⁉

一歩踏み出すたびにカランコロンと耳触りのいい音を響かせ、声の主が小屋から出てきた。

あたしはこの珍妙な靴を見たことがある。南貴皇国産の下駄という履き物だ。

頭に赤い丸の描かれた白鉢巻を巻いた上半身裸の巨漢——イオリよりやや背丈が高いくらいだが——が細い目を開き、金髪の男と同じようにあたしたちを値踏みしてくる。

「あの……——」

アルテナが再び問いかけようとした時、ようやく金髪の男が口を開いた。

「ケーオーエフ九七以来だな」

この男、ケーオーエフのことを識っている⁉

「貴様ら……」

珍しい。

イオリが目を見張り、驚いていた。

「日本チームの……そう、二階堂紅丸（にかいどうべにまる）と大門五郎（だいもんごろう）だったな。貴様ら、なぜこの世界に……いや、貴様らがいるということは……」

ニカイドウベニマルにダイモンゴロウ……、どこで区切ったらいい名前かわからない彼ら。見知った誰かなどではなく、イオリと同じ世界の住人だったのか……。

雨の中、雨具も使わず男二人は顔を見合わせている。

やがて――

「フッ……フハハハ……」

「うわはははははっ‼」

わッ、同時に笑い出した！

だがすぐに、その笑い声も聞こえなくなるくらい大きな声で彼が叫んだ。

「言えっ！　奴はどこだ‼」

推測するまでもない。

イオリの言う『奴』とは彼のことしか考えられない。

この二人の男もその彼に近しい者といったところだろう。

でも、ほんとにこんなところに？

もしそうなら、イオリの捜し求めていた宿敵が魔王窟の住人ということになる。

「誰を捜してるんだ？」

弾かれたように声が放たれた方向を見るイオリ。

そこにあったのは――闇だ。

いつからそこにいたのか、近くの大岩の上に人の形をした影の塊が腰を下ろしていた。はだけた上着から覗く白いシャツと白い革靴以外、上から下まで黒ずくめ――黒衣の男だ。

両肩に不気味な装飾の付いた漆黒のマントを纏い、フードを深く被っている。両肘を膝の上に預け、指抜き手袋をはめた手を顔の前で組んでいるため口許は見えず、どんな表情を浮かべているのかまったくわからない。

黒い指抜き手袋には金の糸で金環蝕を思い起こさせる刺繍。それはまるで、イオリの上着の背中に描かれている月輪の紋様と対をなす、日輪の紋様のように見えた。

「目醒めたか」

ニカイドウベニマルが黒衣の男へ、やや気遣った様子を見せた。

二人は男の許へ近づき、その左右をまるで守護するように固めた。向かって左に金髪のニカイドウベニマル、右に巨漢のダイモンゴロウが陣取る。

「どうも夢見が悪くてな……」

警戒してフードを被り直すあたしをよそに、イオリは逆にフードを脱ぎ顔を晒していた。

すると、彼の顔を見て黒衣の男が、道で遇った友達に挨拶でもするような気軽さで声をかけた。

「ひさしぶりだな、八神」

「キョオオオッ!!!!」

イオリの反応は真逆だ。

今にも跳びかからんとする彼の勢いに驚き、あたしとアルテナは二人で両腕に抱きついて押しとどめる努力に全霊を傾けた。

「いきなりなにするつもりッ!?」

「そ……そうですよっ、まずは話し合いましょう！」

黒衣の男は、やれやれといった風にフードを脱いだ。

額にハンカチのような白い布が巻かれているのが目立って見える。

「京ォォッッッッ‼」

「テメェは相変わらずせっかちだな。再会を喜ぶくらいの余裕はねえのかよ？」

アルテナもあたしも、会ったことがないのにしっかりと名前だけは覚えてしまった人物が目の前にいる。

クサナギ・キョウ！

イオリと命の遣り取りをする、炎を使う男。

炎系魔法を得意とするあたしはいろいろあってこのキョウに間違われたことがあるので、いったいどんな人物なのか興味津々だ。

なぜ彼はキョウのことを憎んでいるのか、過去にどんな因縁や遺恨があってそうなったのか詳しくは知らない。ただ彼の言動からは憎しみだけでなく、切り離しがたいなにかがあるように感じられて仕方がない。

「貴様の『祓う炎』と俺の『封ずる炎』でオロチを封印した今、俺に残されたのは貴様との決着だけだ‼」

「……ったく、せわしねえなぁ」

彼がこの世界にやってきてからずっと求めていた再会の瞬間はあっけなく終わり、あたりには既に戦いの気配が満ち始めていた。和やかな会話が交わされるとは一切思っていなかったけれども、それにしたって拙速すぎないだろうか。

「三対三ってのはちょうどいいが、この世界でKOFルールもねえだろう。紅丸、大門。お前ら、好きにしていいぜ」

三対三……⁉

異世界の人間同士の戦いに、

［イオリ］［アルテナ］［リリリゥム］対［キョウ］［ベニマル］［ダイモン］

という形であたしたち二人も否応なく巻き込まれる事態になってしまった。

ベニマルとダイモンはキョウを中心に左右へ広がり、固まっているあたしたちを包囲するような位置を確保した。

アルテナとあたしもフードを脱ぎ、戦いに備える。

雨はやまず、しとしとと降り続いてあたしたちの髪を濡らしていく。

なんの意義も見出せない戦いだったが一方的にやられるわけにもいかない。適当なところで手打ちにするためにも変な怪我はしたくないし、させたくなかった。

アルテナが剣を構え、あたしは仮面を被り、戦端が開かれる瞬間を待つ。

仕掛けてきたのはダイモンだ。

「では、参る」

下駄の音を撒き散らし、あたしへ向かってくる！

なんであたし⁉

どう見ても一番の体格差があるのは、あたしとダイモンの組み合わせだ。そこを狙ってくるなんて確実な一勝を得るための戦略が透けて見えてかなり悔しい。

すると――

「私が相手になります！」

アルテナがあたしを護るように、ダイモンの前に立ちふさがった。彼女もあたしと同じ結論に至ったのかもしれない。ここは素直に頼らせてもらう。

ダイモンは下駄を滑らせながら急停止、中段に構えられた剣を前にどう攻めるか思案しているようだ。

防具を身につけていないのだから当然だ。

「遺言代わりに聞いておこう。貴様、いつこの世界へ来た」

ついにイオリとキョウが対峙した。

「憶えてねぇな。だがよ、月蝕のあった日ってのは間違いねえ」

ようやく出逢えた宿敵同士。

「フン……。やはりあの時、か。もっとも、貴様がまがいものだったとしても結果は変わらん。何者だろうと何人だろうと俺がすべて殺す！」

これまでお互いがこの世界で積んできた経験を事細かに語り合うような空気はない。

「物騒だな、八神よお。テメエがこの国に来るって聞いて、待っててやったのに、感謝くらいしろよ」

それでも、男女の恋愛感情とは違うが闘う男と男の間に流れる強い感情のぶつかり合いはある。

「…………貴様が魔王か」

だから問い質すしかなかった。

「絵を描いたのは俺じゃあねえがな」

――月輪　蝕まれたる時　魔なる王　炎と共に　生まれきたり――

予言は成就してしまった。

魔なる王とは、イオリではなくキョウのことを示唆していたのだ。

皮肉な話だ。

この世界に転移し魔王と恐れられたイオリが勇者となり、一緒に転移し行方知れずになっていたキョウが魔王となっていたなんて。

あたしがイオリとキョウの動向に気を取られていた隙に、ダイモンが襲ってきた！

剣を受ける覚悟で突っ込んでくる無謀な戦法にアルテナも怯んでしまう。

「無茶をするっ！」

彼は両手を広げ、まさに掴みかからんとしていた。

牽制の意味も込め袈裟懸けに剣を振るアルテナだったが、彼はそのまま突進し胸に刃を受けてしまった。

剣の軌跡に沿って雨粒と一緒に鮮血が散る。

左胸から右脇にかけて走った金瘡を見て、彼女は思わず剣を退いた。

「よかった、浅い……！」

アルテナが安堵した一瞬を突き、ダイモンは突進から↓すかさずしゃがみ↓そのまま前進に転じ、足を踏みしめる。

まさかこれは奥義の所作？

イオリと同じ異世界の人間が？

彼は大きな体を生かし、非常識にも彼女のプレートメイルの背中を前から掴んだ。

そして左足を大きく振り上げ――

「うりゃぁ！」

――一気に振り下ろす勢いを利用して彼女の足を刈（か）り、空中で一回転させたのち正面から水溜まりへ叩きつけた。

「んぅっ‼」

派手な水飛沫（みずしぶき）とアルテナ自身が大きく跳ね、吹（ふ）っ飛ぶ。

それでも、このまま倒（たお）れてはいけないという闘争（とうそう）本能のなせる業（わざ）か、彼女は剣を支えにすぐ立ち上がる。

なんて気迫（きはく）だろう……。

が、足許はふらつき、半分気絶しているように見える。

あたしは駆（か）け寄ると彼女の肩を掴んで体を前後左右に激しく揺（ゆ）すった。

プレートメイルはあちこち凹（へこ）み、そのせいでこすれ合ってガチャガチャと音を立てている。

「アルテナ！　しっかりして！　目を醒まして！」

「う……あ……ぁ……？」

朦朧（もうろう）としたアルテナが虚（うつ）ろな目であたしを見ている。

「んん〜！　うぉあああああ！」

ダイモンが両手を大きく開いて勝ち名乗りを上げるのを尻目に、あたしはアルテナへ肩を貸してその場に座らせた。目は無意識にイオリの姿を求めている。

……いた。

いつの間にかキョウに額を突き合わせるほど接近し、激しく視線をぶつけ合っている。

視線は視戦となって、死線を越えようとしていた。

イオリの掌（てのひら）には紫色の華（はな）。

キョウの掌には紅蓮（ぐれん）の華。

二色の炎の花束が雨に逆らい燃えている。

いや、よく見ると雨粒は炎に触（ふ）れる前に蒸発してしまっていた。

彼らの周りに白い蒸気が立ち込めているのはそのせいだ。

「あ……」

今更（いまさら）のように気づいてしまった。

キョウの炎は紅い。

イオリの髪、瞳と同じ色だ。

自分を形作る要素にすら切り離せない宿命があるのだとしたら、それは単純に不幸と割り切っていいものなんだろうか。嬉々（きき）として炎を燃え上がらせるイオリを見ていると、よくわからなくなってきた。

「やれやれ」

背後からの声に慌てて振り返ったあたしをベニマルが呆（あき）れたような顔で見下ろしている。

今、イオリに助けを求めるわけにはいかない。

ここはあたし一人で戦わなくちゃいけない。

でも、魔王の一味とはいえイオリの宿敵の仲間を殺すわけにはいかないので極限流攻撃魔法はダメ。単発炎系魔法の『虎狼焔』ですらオークを一匹丸々灰にできる威力なのだから。

だとすると適当な魔法は——と思いついたのが精霊の力そのものといえる火元素系の魔法の初歩の初歩、『ファイ・リ』。や、……これもダメだ。『ファイ・リ』程度の火力だと、今は雨だから相手へ届く前に消えてしまうかもしれない。

なら、目くらましと威嚇を兼ねて同じ元素系魔法の——

しゃがんだまま手を素早く右から左へ振り、握り締めていた光貨を親指で割った。

魔力が緑色の極光となってあたしを包む。

「魔を束ねし弦　原初の真水の恩寵を——」

ベニマルに目標を定め——

「『ウォー・テア』ッ」

あたしの手の少し先に出現した魔法陣から眼を狙って水流を迸らせる。

孤児院を出る前に滅茶苦茶多用した魔法だ。

でも、相手を甘く見すぎていた。

彼は魔法陣が自分に向けられた瞬間からどう避けるのか決めていたようだ。

姿がない。

魔法で生み出された水はびちゃびちゃと虚しく地面に落ち、雨水に混ざって水溜まりを作るだけだった。

ベニマルはどこに？

立ち上がったあたしは右に左にせわしなく首を向けた。

「ここだ」

声は上からだった。

見上げるとあたしの頭のはるか上、樹の枝に足の甲を引っ掛け逆さ吊りになっている。

「うそッ⁉」

跳び上がったら間違って引っ掛かってしまった、という焦りもないので自らその姿勢を取っているわけだ。腕まで組んでとっても偉そうにしているが、恐ろしい身体能力だと言わざるを得ない。

彼はすぐに枝から足を外すと、落下しつつ前転しその遠心力で一瞬だけ滞空した。

直後、左脚を強く伸ばし、鋭く回転しながらあたし目がけて降ってきた。

「『ふらいぃんんぐ！　どりる』！」

凄まじい回転で、体を濡らしていた雨滴が四方八方に舞い散っている。

急いで防御姿勢を取るあたしだが、まったく無意味だった。

ベニマルの蹴りは固く組んだ両腕を弾きそのまま無防備な胸へ命中し、回転があたしの服をびりびりに引き裂いた。

「イオリ、ごめーん‼」

彼はそのまま蹴り抜け着地すると少しだけ乱れた髪を整え直し、倒れたあたしに一瞥もくれず去っていった。

かろうじて残ったエクセルシア・マントが体を覆い隠してくれているが、これがなければあたしの下着姿はこの戦いが終わるまで晒されていたことになる。

蹴りの衝撃は体の隅々にまで行き渡り、指の先まで痺れていた。濡れた地面の冷たさが体の熱を奪っていくのに身動き一つできない……。

「デカイ口叩くには、勝たなきゃ意味がないな！　なあ、八神よ！」

「ほざけ‼」

アルテナとあたしの敗北を確認したキョウがイオリを煽っている。

そして即座に打ち合わされる拳。

炎を纏った互いの裏拳同士が接触する直前、そこを中心に爆発が起きた。

白い蒸気は一瞬でかき消え、降り続いていた雨さえも消し飛ぶ。

爆心地を中心に、そこだけぽっかりと球状に雨上がりの透き通った空間が生まれていた。

見ると、イオリもキョウも弾き飛ばされ片膝をついている。

なにが起きたのか理解できていたのは、たぶんあたしだけだ。

水蒸気爆発――蓄積された圧力が限界を超えて爆発する現象。火山の噴火で見られることが多いあれだ。

炎と雨で生じた水蒸気が神速で接近する二つの拳の間で急速に圧縮され、一気に解放されたのだ。

再び雨粒が落ちてきて二人を叩く。

あたしはキョウという男を完全に見くびっていた。

まさか……こんな桁外れなことをやってのける人間がイオリ以外にもいたなんて……。彼の宿敵たる人間なのだから、それくらい想像できていてもよかったのに。

だからか、二人はこの爆発をものともせず立ち上がり、再び拳を交えるべく大きく足を踏み出していた。

――と、キョウが頭を押さえてよろめき、倒れかけた。

「ちっ……、また……意……識……が……っ」

「ぬう、まだ無理のようだな」

ダイモンが駆け寄り、彼を支える。

しかしこれを見逃すイオリではない。

ぬるりと『甲・蛇避』で距離を詰め――

「ハァッ！」

そこへ横から跳び込んできたのはベニマルだった。

蹴りでイオリを牽制する。

「援護とは殊勝なことだ！」

単純な攻撃なのでなんなく避けることには成功するが、体勢を立て直すころ、キョウはダイモンの肩を借り拳が交えられる距離から大きく離れていた。

しんがりを務めるベニマルがイオリと睨み合う。

「イラつく奴だ」

「同感だ」

「では、後片付けでもするか」

「まあ待て、面白いことを教えてやる。魔王軍は既にアズガーの地からヒガツミの国境を越え、王都近くまで迫っている」

魔王……軍……!?

早く報せないと……！

でも、体が……動かない……！

「さっさと帰って逃げ支度でもするがいい――」

そこまで言うとベニマルの姿は残像だけを置き土産に、霧のように失せてしまった。

イオリはキョウの去った方向を黙って見つめている。

その内――

「待て……」

一歩また一歩、ゆっくりと足を踏み出し――

「京……」

独りの追撃を開始した――

でも、それはダメだ。

行っちゃダメだ。

行かないで！

体は動かなくても口だけなら……！

「イオリッ！　行っちゃダメッ!!」

声が届いたのか彼の動きは止まった。
あたしに見えるのは背中だけなので、彼が今どんな顔をしてるのかわからない。
腹立たしい？
忌々(いまいま)しい？
鬱陶(うっとう)しい？
悔しい？
哀(かな)しい？
寂しい？
濡れそぼった全身が、いつもはたくましい彼の姿を非力な小動物のように見せている。
「行かないで――ッ！　イオリ―――ッ‼」
これが最後と叫んだあたしの声に彼の獣のような叫びが重なり、山奥にこだました。
ただひと言「キョウ」という音の咆哮(ほうこう)。
それも、本降りとなった雨に吸い込まれてゆき、残るのは雨音だけだった。

第七章 星に誓いを

魔法の燭光に先導され、あたしたちがミクニに帰り着いたのは陽もとっぷり暮れてからだった。

「やっと着きましたね……」

「もう足が棒だよぉー……」

プレートが凹んで接続部が干渉し合うようになってしまった鎧はあの場に捨ててアルテナは身軽だったし、あたしも不味いポーションを我慢して飲んで傷を癒やし、体力を回復させていた。

それなのに足取りは重い。

本来なら歩行時間も少なくなるはずの山道の下りがやけにつらく感じられたのは、禁忌を犯した結果「水源の地を侵せば王国に災いが降りかかる」という迷信が魔王軍という形で現実となったせいかもしれない。

雨水を含んで重くなった服は心の芯まで冷やしていくようだ。

幻想亭へ戻ったあたしたちは、とりあえず大急ぎでお風呂へ入ることにした。

濡れた服を脱ぎ、魔法で給湯器に水を満たし、魔法の高火力で一気に湯を沸かす。低体温症にならないためにも必要な処置で、こういうのを緊急事態というのだ。

イオリよりも先に入るのは恥ずかしいが彼の勧めもあってアルテナと一緒に入ることになった。彼女との入浴は二回目なのにまた幻想亭で、というのはなかなかに因縁深い。

「この湯船……陶器製ですよ……」

先に浴室へ入ったアルテナが驚いている。

普通、湯船は石か木で組まれているものが大半だ。陶器でできているものもないわけではないがほとんどは壺みたいな形状でとても小さい。こんなに大きなもの――アルテナとあたしが手足を伸ばして同時に余裕で入浴できるものなんて聞いたことがなかった。幻想亭の支店の湯船との差が著しい……。

さすが王族……、と感心しつつ浴室を見渡すと、窓辺――もちろん磨り硝子で外からは見えない――に置いてある二つの硝子瓶が目に留まった。

「アルテナッ！」

これは！――と思ったあたしは躊躇なく硝子瓶を手に取り、彼女へ突きつける。

「お花……ですか？」

一つ目の瓶には乾燥させた薔薇の花弁が入っていた。

そして二つ目の瓶には……。

アルテナが注意深く蓋を開け、少し鼻を近づけると――

「薔薇⁉」

あたしはこくこくと二度頷いた。

薔薇の香水――入浴剤だ。

お風呂にこんなとんでもなく高価なものを入れるなんて……！

もう一度言おう、さすが王族……。

花はともかくこの香水、噂に聞いたことがある。朝露に濡れる薔薇の花弁を摘み、すぐに蒸留して香りを抽出したものだとか。朝露に染み出す香りが重要なのだそうだ。

なんという贅沢品！

キリルがいつもいい香りをさせていたのはこのせいか……、このせいなのか！

あたしは給湯器に繋がる木管の栓を抜き、お湯を湯船に溜めはじめた。

盛大に湯気を上げながらお湯が満たされていく。

そこですかさず――

「そーれッ！」

一つ目の瓶から薔薇の花弁をぶちまけ――

「こっちも景気よく、そぉ――れッ‼」

二つ目の瓶から薔薇の香水をどぼどぼっと投入した。

今夜はたっぷり使ってやるのだ……フッフッフッフッ！

「あわわわ……」

アルテナが体に巻いたタオルの端を握り締めて震えている。

これは寒さのせいじゃないな。

じゃあ体感してもらおう……と、あたしはアルテナのタオルを引っぺがした。

「さー、入ろー！」

体と共に、冷え切った心もここで温め直すんだ。


暖炉で乾燥中の服の代わりに店員用の給仕服に着替えた湯上がり美少女二人が、戻ってきた。

スカートの裾が朝顔形に広がった紺色の給仕服に白い前掛け。「『パオパオ』の給仕服みたいです」とはアルテナの弁だ。シエサーガで彼女が懇意にしている酒場のことで、あたしも一度だけ行ったことがある。

あたし好みのこの可愛らしい格好のまま髪の毛をタオルで拭き拭き、イオリに近づいてみる。

「……なんのつもりだ」

わからないか……。

わざとらしく、くるりと一回転して香りを振りまいてみても彼はなにも感じていない様子だ。

鼻が詰まってんの？

今度はアルテナがずいっと顔を近づけるも効果はないようだ。

「ど、どうですか？　変わったのわかります？」

「鬱陶しい奴だ」

無下に押し返されている。

言ってもわからないなら体感させるしかないと見て、あたしは抱きつきを敢行した。

「ほらー、いい匂いでしょ～？」

首に跳びついてぶら下がってみるが彼はなにも言ってくれない。

それどころか、このままあたしをぶら下げて浴室へ向かうつもりだ。

「お前はもう一度入るのか？」

「!!!!」

あたしは即座に腕を解き、彼に背中を向けた。

「あれれ？　リリリ、顔が真っ赤――」

「の……のぼせたのッ!!」

アルテナのからかいに上手く反応できない。

イオリは極々稀にとんでもない瞬間にとんでもない言動をすることがある。こんなの反則すぎてあたしに対応できるわけがない。

普段は無愛想なくせに……。

「なんだこの服は……」

醒めた目で自分の服へ不満をぶつけるイオリからも薔薇の香りが漂っていた。

こうなると迫力も半減どころではない。

彼の赤い髪は自分の炎の熱でいつものようにふわりと整えられ、幻想亭の給仕服——白いシャツと蝶ネクタイ——が執事を思わせて、あたしにとっては眼福だ。

「これしかないいんだから我慢だねー」

「素敵ですっ」

アルテナは手を胸の前で擦り合わせ、にこにこしている。まるで客を前にしたどこかの商人のようだ。

でも、全員このまま給仕として店に出してもおかしくないほど似合っているのは間違いない。だからこの三人の内、誰かを目当てに通う客が出てきてもそれは当然だろーなとあたしは強く思った。

特にイオリは予想以上にかっこよかったので、なにも喋らず給仕だけしていればエルフ女子にもてもてだろう。いやいや、待てよ……あの乱暴な言葉遣いこそ乙女ゴコロをより刺激するのでは……。

そんなことを考えてる内に彼が蝶ネクタイを外してしまったのは、至極残念だ。

ちなみにあたしの服は酷く破れてしまっていたので、たぶん明日もこの給仕服のままだ。

服が乾ききるまで時間があったため、アルテナはヒガツヨード宮の武器庫から新しいプレートメイルを借りてくると言い、一人で出ていった。その間にあたしは、イオリへ水源の地で目撃した気になる光景を話すことにした。

ダイモンが奥義の所作を見せたことだ。

話すと、彼はまったく気づいていなかったようだった。

キョウだけを見ていてほかのことなどどうでもよかったんだなーとよくわかる事例だ。

ただ、ベニマルについてはわからない。どこかでそれとわからぬよう巧みに隠蔽していたのかもしれない。アルテナもよく使う実戦向きの技術なので、ないとは言い切れない。

イオリやキョウを見ていると、所作が必要なのはこちらの世界の人間だけだ。そうするとベニマルとダイモンはこちらの世界の人間ということになる。

でも、あちらの世界の本人しか知らない事柄を知っていたり、キョウが異世界人と認識していないことはおかしい、とイオリは言う。

それもそうで、あたしまで混乱してきた。

×　×　×

一時間後、アルテナがヨード女王の侍女を一人を連れて、戻ってきた。王宮の武器庫から借りた真新しい銀色のプレートメイルが、燭光を反射してキラキラ輝いている。エルフの一品は剣と同じように装飾過多だ。

彼女は女王やギンさんに、水源の地であったことの一部始終を報告してきてくれたそうだ。その結果、やや病状の軽いハーフエルフの侍女に馬を与え、エサーガ公国へ疾らせることになったと言う。もちろん援軍を求めるためだ。馬はあたしたちがマミナ村から連れてきた、唯一元気な一頭を使う。今はその準備のため、アルテナと侍女は二階にいた。

他国のことなのに面倒を自分から率先して引き受けてくれる彼女は、やっぱり騎士なんだなーと思う。そこはちょっと真似できそうもない。

そして肝心の解毒薬、それだけでなく薬草だの毒消し草も……やはり、どこにもなかったらしい。

ただ幸い、ギンさんの尽力もあってすべての詠唱輪の汚れは除去され、再び毒水が絡みつくまでは自動で呪文を詠唱してくれることが保証された。

魔王軍の侵攻が控えているのなら、それに対する備えをするのが今もっとも優先されることだ。

水源もドラゴンも孤児院も、魔王軍との戦いで生き延びられてからのお話だ。

今はキョウのことで頭が一杯なはずのイオリもこの優先順位の変更はわかってくれるだろう。彼のなかの優先度はキョウ、孤児院、毒水、ドラゴンの順に高く、魔王軍はキョウのついでという感じに思える。

それでも王国がイオリに頼らないといけない窮地にあるのは確かだった。

毒水に冒され、動けなくなった軍隊なぞ無用の長物だからだ。

ドラゴンや魔王軍と対峙するには王国の軍隊では心許ない。第一、軍隊とは言っても実際はそう定義できるほど大きくなかった。せいぜい専守防衛に特化した防衛隊という規模だ。極端に平和を愛しているからとかではなく、もともとの人口が少ないせいだ。全体的にやや閉鎖的で和が乱れるのを嫌う傾向にあるのは否定できないが……。

あと理由には、兵力が少なくても魔法に秀でたエルフで構成されている点と、領土が光石鉱山に恵まれている点が挙げられる。これが、エサーガ公国との人口差が領土の広さの割にほとんどなくても、王国が強国であり続けていることの証明だ。

「準備ができました」

侍女がアルテナに肩を借り、二階から下りてきた。その様子を見ていると、こんな時間にアルテナと同じ年頃の、騎士でも冒険者でもない女子を一人で送り出すことに心が痛む。

これから長時間馬に揺られるというのに、顔色は後頭部で一本に束ねた馬の尻尾のような髪と同じく青い。が、翡翠の双眼は侍女らしからぬ鋭さを保っていた。王国の危急存亡の秋に命を張る覚悟を決めているのかもしれない。なら、彼女もあたしたちと同じ、無理を承知の上で少ない頭数で魔王軍に立ち向かう「自ら死を選ばない者」の一員だ。

×　×　×

この季節にしては妙に生温い夜風が頬を撫でても庵の表情は動かず、暗闇の先を凝視していた。

彼は独り、夜番に立っている。

両手をズボンに突っ込むいつもの姿なので、影しか見えなくても誰なのかすぐに判別できそうだ。

ここはミクニ市街の南端にある石垣。もうこの先には傾斜の強まった段丘面と葡萄畑、濠代わりの川しかない。見通しがよいので哨戒するには最適の場所だ。

そして魔王軍が攻めてきた時の絶対防衛線になる。

侍女を送り出してから俺たちは、これから夜毎に夜番を立てることにしていた。

アズガーの地はナルア盆地南部にあるオークが支配する土地だ。そこから王国へ攻め込むには、盆地を一旦北へ縦断しヒガツの森とイクマー山地の間を縫う『イーヨン街道』を南進するか、イクマー山地と『タイゾウ山地』の間を『ダイワー川』に沿って西征し大ザッカー平原を北進する、二つの経路しかなかった。

イクマー山地自体峻嶮なので多くの兵を従えて越えることはできない。クラッガリ峡谷沿いの険路を体感した身ならば、あそこが進軍に適した道ではないと即答できる。山越えをして背後から王都に肉薄することは不可能だ。必ずイクマー山地を迂回する必要がある。

そして兵力の疲弊を避けるため、敵は北ではなく南から攻めてくるはずだった。まず王都、王宮を陥落させてから、救援の来ない絶望感を与えつつ村々を蹂躙する。人口の少ないヒガツミ魔導王国との戦ならではの挟撃を恐れなくてよい戦略を、略奪や殲滅を好むオークたちは採るだろうというのが彼ら全員の出した結論だった。そのため、誰も市街南端で夜番に立つことに反対しなかった。

その一番手が俺だ。

くじ引きで決まったことで作為的なものはなにもない。

この日の月の出は遅かった。雨雲はとっくに去り、空には雲一つない。星々が月明かりに邪魔されずはっきりと見える。

彼はひさしぶりにゆっくりと星空を仰ぎ、静かな時間を思索に耽っていた。

――ここまでは。

×　×　×

「あれは『天つ三ヶ星』です」

アルテナがイオリの背中に声をかける。

彼女とあたしは夜番の交替にやってきていた。

彼が眺めていたのはたぶん南の空に見える、明るい星が三つ並んだ場所だ。東から縦並びで昇り、西に横並びになって沈む星の集まり。こうやって星の運行を観察していると空全体が大きく回転しているのがわかる。

「あの三つ星、私たちみたいですね」

天つ三ヶ星を指差し、アルテナが笑った。

いつも一緒にいるから、とでも言いたいのだろうけど、彼女があたしたちの関係を星に喩えるほどの乙女だったとは。面白いので少し話に付き合ってあげよう。

「横に並んでるから真ん中がイオリ、右側があたしで左側がアルテナってとこかな」

「なにを言ってるんですか？　逆でしょう」

「どうしてよー？」

「最初に出会ったほうが右だからです」

「どんな風聞よー、それ。信頼されてるほうが右ってのは聞いたことあるけど。ほら、右腕って言うし」

「それは一般論で、騎士の間ではより愛情の深いほうが右と――」

「ぜーったい、ウソでしょ」

星空は魔法使いの領分。

あたしを誤魔化そうとしても無駄なのだ。

「じゃあリリリが右でもいいですけど、星が昇る時は下なのでイオリに踏みつけられる役ですね」

踏みつけられる……？

「！」

空は回転しているから、横並びの時に右腕にあたる星は縦並びの時に下にくる……。

よくこんな屁理屈、思いつけるものだ！

なんか悔しいのであたしも一発反撃してやる。

「それ、向かって右か左かで変わるから」

「よくそんな屁理屈、思いつけますね」

「うわーッ、こっちの台詞だよ！」

「俺の世界にも似た星座がある――」

ここでイオリがあたしたちの会話――会話なのか？――に加わってきた。とても喜ばしい展開だ。

「――だが、お前たちのように無粋な理屈で争う奴はいない。一人もな」

「「……」」

むむむ……どこが喜ばしい。またもや釘を刺されてしまっただけで、いつもとなにも変わらない。

それでも魔法使いの天文知識がこんなものだと思われて終わるのも癪なので、少しだけなにか披露してやろうという気になった。

「ねねね、イオリ。天つ三ヶ星のすぐ左、星が集まって川みたいになってるのが見えるでしょ？」

あたしは夜空を横切る星の集まりを人差し指で何度かなぞった。

「地上に光をもたらす『女神ティターン』の象徴ですね。この世界でもっとも信仰されている神様ですよ」

ぐぬぬ……、アルテナがまたあたしの言葉を盗っていく。

「でね！　あの光の集まりが魔導弦だとも言われてるんだよ」

彼が大きく首を動かして川のように流れる星の連なりを追っている。

あたしの言葉に興味を持ってくれたのが素直に嬉しい。

「魔導弦に果てはなくて、ぐるっと一回りして閉じてるって理論もあるから、もしかしたらイオリの世界もあのどこかにあるのかもね」

「イオリ……」

あたしと張り合っていたアルテナが、一転語調を和らげて彼の名を呼んだ。

そんな変化もどこ吹く風と、彼の目にはなんの感情も表れていない。あたしが気づいているのだから彼が気づいていないはずはないだろうに。

「もし……もしですよ。あなたの世界に還る術が見つかったら、どうしますか？」

なにを訊いているんだろう……。

ヨード女王の明かしてくれた言い伝えで、異世界との往復が可能性としてあり得ることがわかった。向こうに残してきたものがあるのなら還りたいに決まって――と、つい普通の理屈で考えてしまっていた。それは違う、彼はヤガミ・イオリだ。

イオリはキョウのことを「キョウ」と呼んでいる。

キョウはイオリのことを「ヤガミ」と呼んでいる。

片や名で呼び、片や姓で呼ぶ。なんとなくここに双方の執着の強さの差というか温度の違いが感じられた。

あたしには、キョウがもとの世界にいないのなら、イオリは自分のいる場所がどこだろうとどうでもいいと思っているように見える。逆に、キョウが還るなら彼も還る……ということだ。

じゃあ、キョウを倒したら……？

彼はそのあといったいどうするんだろう……。

「どうしますかじゃないよ、アルテナ。ねー、イオリ、あたし免許皆伝してるでしょ。それって魔法の道場を開けるってことなんだよねー」

「急になにを言ってるんですか、リリリ？」

「イオリも経営にひと口乗らない？」

　彼がこの世界に残ってくれる可能性を少しでも高めるため、あたしは現時点で夢見ていることを語ってみた。夢というには現世的で地に足が着きすぎてるきらいはあるが、もう一つの夢――肉を魔法の火で焼く店――のほうがもっと俗っぽいので、それよりはマシだろう。

　あたしはアルテナみたいに彼と戦ってみたいなんて望むほど武闘派じゃない。だからこういう夢で十分だ。

「妙な誘惑をしないでください！　イオリはそんな誘いに――」

「それかねー、宮廷魔法使いとして王宮入りって手もあるかな。将来性と安定感抜群で、イオリ一人くらい全然養ってけるよ！」

　アルテナの言うとおり、あたしだって彼が誘いに乗るとも返事をするとも思っていない。もちろん「いいだろう。乗ってやる」と言われたら全力で実現に向かって突っ走る覚悟はある。大きなお節介なのは自覚してるが、なにかあった時に彼が戻ってこられる場所、安らげる場所、というものを作っておいてあげたいと思ってしまうのだ。

「ほう……」

　アルテナの質問にもあたしの誘いにも一切応えようとしなかったイオリが、仰いでいた宙を駆ける光に感嘆の声を上げた。

「流れ星か」

　天つ三ヶ星の近くから東西南北に星が何個も流れていく。

　そういえば毎年これくらいの時期になるとなぜだか流れ星が多く見られるのだった。

「星はね……死んだ人の魂だ――って言う人も多いんだ」

「それに、流れ星は魂が生まれ変わる兆しだとも」

「フン……ならば都合がいいな」

あ……彼が嗤っている。「笑う」じゃなく「嗤う」だ。

こういう嗤いを浮かべる時はだいたいろくでもない考えをしているはず。

「これからどれだけの人死にが出るかわからん」

「またそういうことを……」

でも事実だ。

正直、エサーガ公国に早馬を出したものの増援が間に合うとは思えない。すぐに往復しても二週間、遠征軍を整えていたらいつになるかわからない。その間にあたしたちが負けてしまえば……。

「どうして魔王軍は……、いえ、オークはヒガツミ国にこだわるんでしょうね。前の戦から二〇〇年も経つのに……」

「まだ二〇〇年――だよ、あいつらにとっては。あたしたちとは寿命が違うんだし」

「それはそうですが……。ナルア盆地は緑豊かで肥沃な土地と聞きます。あえて侵略する意味なんて――」

「獣の思考なぞ理解できるものか。そんな暇があるなら素振りでもしておけ」

イオリのぐうの音も出ない理屈で会話は強制的に終了してしまった。でも、それはそうだ。価値観の異なる魔物の行動原理を、あたしたち人間に当てはめるのは危ない。理解できたとしたら、そこには「こうだったらいいな」という希望的観測が多分に含まれているはずで、判断を誤らせる。単純に復讐のため、とでもしておいたほうが無難だ。それより、あたしには水源の地を魔王が押さえていることのほうが潜在的な脅威に思えた。ヨード川の汚染が侵略手段だとしたら……、封じられたドラゴンと結託していたら……、と悪い考えは際限なく増殖してしまう。

魔王軍は以前から軍勢を国境付近に展開させていたんだろう。王国がそれに気づけなかったのは議会と民が二〇〇年の平和に慣れてしまっていたためかもしれない。あたしがミクニにいた時も何度か、アズガーの地との国境の警戒を強めようという動きはあった。そうしたら、エサーガ公国との国境は放置なのかそれは差別だ、と言い出す人も現れ収拾がつかなくなり、なし崩しに立ち消えてしまった。魔法強国だという驕りもあったかもしれない。

その後悔も、まず魔王軍の侵攻を防がなければ無駄になる。

決意を固め直すためにも、あたしはそれを口に出した。

三つ星を見上げ、誓う。

「あたしはベニマルを倒すよ」

「ダイモンは私が」

すぐにアルテナが応じてくれた。

だが、そう言ってはみたものの、あたしたちはそれぞれ一撃で倒されている。ただ、本気を出せば勝てるかもしれない。相手を傷つけずに戦うなんて甘いことは、もう言っていられなかった。

そも、魔王軍の規模がわからないのだから、この二人と再戦する機会が訪れるのかすら怪しい。

万一の時には……危険度が今までのものとは比較にならないあの魔法を使うしかないのかもしれない……。

密かに研究していた戦略級選択式広域殲滅魔法――

あたし一人で制御しきれるかどうか、賭けではある。

「……ならば――」

イオリがなにかを言ったような気がした。

見るともう背を向け去っていく途中だ。

彼はキョウの許へ行くに行けない焦燥感に苛まれているはずだった。水源の地ではあたしたちのせいで、去る宿敵を見送るはめになったからだ。キョウが魔王軍と共に侵攻してくるのならそれをここで待つ――と合理的な理屈で留まってくれているのならまだいい。そうでなく、心を殺して我慢しているのなら、二人の会話に合わせてくれていた彼を止め、自分が満足するためだけになにを言ったのかを問うのは愚だ。

あ……。

空に月はなかったが、ここにはあった。

彼を止めなかったのは正しかった。

遠ざかる彼の背中が放つ月光はあたしたちの全身に満ち、力となる。

気のせいでもいいのだ。

それだけで「なんとかなるかも」という前向きな気持ちが湧き上がるのだから。

第八章　戦場に幕が上がる刻

王暦二六七九年　～　一〇月二二日

視界は見渡す限り蒼白い霧に包まれている。

生温かい風が吹いた昨夜とは打って変わり、明け方の王都周辺は放射冷却で冷え込んでいた。そのため、前日に降った雨と日中に地面から蒸発した水分とが急激に冷やされ、霧が発生したわけだ。

ヨード女王の私室からなら不気味に美しい雲海の広がる絶景が眺められるだろう。

やにわに東の空からひと筋の淡い光が放たれた。

日の出だ。

ここは市街地の南端なのでさえぎるものはない。霧さえなければ壮観な夜明けの一部始終が観賞できる。

光の筋はどんどん広がって帯となり、ぼんやりと見えるイクマー山地の稜線を塗りつぶしていく。逆光で陰の塊となった山が自身の影を丘陵全体に伸ばすが、太陽の昇る速度は思っているよりも速い。見る間に影は退いて、蒼い川霧が立ち上るのが見えた。濠に代わる川へ冷たい空気が流れ込んでいるせいだ。川の多いこの地域では秋や冬によく起きる。

ただ、この霧は毒気を含んでいる。水源から流れてくる毒水が蒸発しているから蒼いのだ。これが魔物にも効いてくれると助かるのだが、あまりに楽観的な考えなのはわかっている。

川霧は放射霧と混じり合ってますます濃くなり、届く朝日もまだはっきりと見えない。

「冷えますね」

そう同意を求めるでもない独り言を呟くのは、武器を取りに行っていたアルテナだ。両腕に抱えられるだけ抱えてきたらしく、最低でも二〇本はある。

あたしもその言葉で這い上がる冷気を意識し直すことになり、給仕服の上に羽織ったエクセルシア・マントをしっかりとたぐり寄せた。

彼女は抜き身の剣を次々と地面に突き立てていく。肉弾戦になった場合、いちいち新しい剣を取りに武器庫まで行くわけにもいかないのでこれは名案だ。あっちで戦おうがこっちで戦おうが、予備の剣が突き刺さっている場所へ戻ってくればいいのだから。

あと、彼女は肩に弓と矢筒も引っ掛けていた。敵との距離が離れている内に、まず弓の遠距離攻撃で数を減らしてしまうのは定石どおりの作戦だ。

「アルテナって弓もいけるの？」

「騎士ですよ。武芸百般、そのあたりはひと通り学んでます」

「一〇〇種類の武芸⁉」

「え……？　いえ、『百』は数字じゃなくて――」

実はそれくらいあたしだって知っている。なんでも斜に構える彼女が面白いから、からかってみただけだ。

「言ってみれば数の多さを――」

でも、どこまでも真面目に説明するのでなんだか悪いことをしてしまった気になってきた。

「そうだ、剣に魔法、掛けとこーか。前にもやった耐久力上げるやつ」

こう言ってあたしは地面に無造作に積み上げられた光貨と光石の山を指差した。

魔法を行使するのに魔力の源――光貨はいくらあっても困ることはない。だから夜の内に王宮の金蔵から――もちろん女王の許しを得て――文字通り山のように運び出してきた。

武器の耐久力強化は戦いに備えてやっておかなければならないことの一つなので、からかったお詫びにはならないがなんとなく罪悪感は減る。

「それは助かります。魔物を何匹斬っても刃こぼれ一つしないあの魔法、私もお気に入りなんです」

そうだろうそうだろう。

以前三人で魔法使いの傭兵『傭魔』と戦ったことがある。その時、この魔法がなければかなりの苦戦を強いられたはずだ。それだけに効力にはかなり自信があった。まー、超級魔法少女のリリリ様にしてみたら、この程度はお茶の子さいさいなワケだけども。

　あたしは仮面を被り、山積みの光貨から少し大きめのものを一枚拾い上げた。そのまま手を左に振り→数瞬→大きく右へ振って結印を終える。親指で光貨の腹を、グッと強く押すと簡単に真っ二つに割れ、解放された魔力があたしを包み込む。

　この大きさだと……一〇〇スヌークかな？

『スヌーク』はお金の単位で、一〇〇スヌークは葡萄酒の大一杯分といったところ。

　ちなみによい子の皆……だけでなく大の大人でもこれを真似すると怪我をするので要注意だ。なぜかというとこれ、あたしの握力が強いからできることで、普通はなにか道具を使わないと光貨は砕けない。それは例えば専用の工具だったり、杖だったり、石だったり。

　魔法使いには、あたしの仮面のように精神集中するための小道具も不可欠なので、あれこれ持って歩かなくてすむのはとても助かる。ここだけは、幼い頃から鍛えておいてくれた父上に感謝だ。

　あっと、緑の極光の輝きが消えない内に詠唱を完了しないと無駄遣いになってしまう。

「魔を束ねし弦　須臾に消えゆく時の粒　隠国は那辺にありや　願わくば光に生りて留まりたまえ――」

　空中に浮かび出た魔法陣と術式が完成する。

「『リ・インフ・オース』」

　魔法名の詠唱と同時に、地面へ突き立てられた剣に優しい光が降り注いでいく。光の粒は剣に触れると雪の結晶(けっしょう)が融(と)けて消えるように染(し)み込んでいった。

簡単だがこれで完了だ。

役目を終えた魔法陣も砕け、消えている。

「ありがとうございます。これでオークがどれだけいても万全(ばんぜん)ですね」

「体力が続けばねー」

そこが不安なところだったが、治癒(ちゆ)魔法や回復系のポーションがあればなんとかなるのは物理攻撃が得意なアルテナたちの強みだ。

そうもいかないのがあたしたち魔法使い。

呪文(じゅもん)を詠唱するにも魔力を操作するにも精神の集中が要(かなめ)になるから、長く使っているとどうしても注意が散漫(さんまん)になってくる。体力と同じように精神力も消耗(しょうもう)してゆくのだ。違(ちが)うのは、精神力を回復させるような魔法やポーションが存在しないということ。疲(つか)れ切ってしまったらそこでおしまい。

これを見誤ると、アリギエーリとの戦いで一巻の終わりになりかけた場面を再現することになってしまう。じゃあどうするかといえば、『適度な休憩(きゅうけい)』という勉強や仕事でも言われるような普通の息抜(いきぬ)きをするしかない。

戦いの最中にどうやって……？

緊急事態(きんきゅうじたい)でなければ、光貨の山に目を落とし「葡萄酒何杯呑(の)めるんだろう」とか「全部使ったらなに買えるんだろう」とか妄想(もうそう)に耽(ふけ)って『適度な休憩』を取ることができるのに、自分たちの命の綱(つな)ともなるとそういう気分になれない。

「あの橋は落としてもいいんですか？」

アルテナがひょいと指を差したのは濠として利用している川に架かる橋だった。この近くでは南へ通じるたった一本の橋になるので、戦いの際に落としてしまうのは戦略的にとても正しい。あとで架け直せばいいのだから。

「うん、始まったら魔法で落とすよ」

ヨード女王から交戦権を行使する許可はもらっている。

あとはそれがいつになるか、だ。

上手にあるミクニは守るに易く、あえてあたしたちが段丘面に下りていってまで戦う必要はない。それとは逆に、魔王軍は下手になるのと霧のお陰で視界が悪く同士討ちの可能性が高まり、攻めるに難い。

ただし、こちらには病で逃げられない人々がいるため、ここで有利不利は逆転してしまう。人数比もきっと比較にならないくらい大きいだろう。それを毒気に耐えられるイオリ、アルテナ、ギンさん、あたしの四名でなんとかしないといけない。

だから昨夜、冗談半分に包囲殲滅陣という作戦を提案してみた。

イオリには通じたようで「ハンニバルか」と彼の世界の将軍の名前が出てきた。どんな人なのかは知らないが、作戦の内容はだいたい同じだった。

進攻してくる軍勢を中央が受け止め、右翼と左翼が突出して包囲する。その隙を突いて敵軍後方から遊撃部隊が強襲をかける。こうやって聞くとよさげな戦術に感じるが、机上の空論だ。あたしたちには中央、右翼、左翼、後方を担う戦力が各一名しかいないのだから。全員が万全な状態の超級魔法使いだったら実現の可能性がないわけでもなかったのは悔しい。


段丘面の草原に『エルフの輪』ができていた。

キノコが環状に群生したもので、ミクニに住むあたしたちにとっては貴重な食材の一つだ。人間たちはエルフが輪になって踊った跡だと言っているけれど、それはただの迷信で、だいたいエルフはそんな風に踊ったりしない。

その輪が今、大きな足で踏みにじられた。

ほぼ同時に蒼白い霧が晴れていく。

でもこれはおかしい。

不自然だ。

東西南北、どちらからも風は吹いてきていない。

それなのに霧は吹き散らされていっている。

どこかを中心に発生した風によって円状に。

魔法だ……！

風元素系の初級魔法『ウィン・ドー』。

これはすなわち、敵にも魔法を使う魔物がいるということだ。知能の高くない魔物でも言葉を喋れさえすれば、初歩の魔法くらい会得することはできる。

霧は完全に吹き飛ばされ、見上げれば雲一つない青空と朝日が見える。目を転じて下ろせば川の流れる草原とその先に――

いた。

予想通り、南からやってきた。

全体的に暗色へ傾いた魔物の軍勢が草原に蠢いている。あの無数にキラキラと光っているのは剣や斧の刃だろうか。魔法の使える魔物の数は少なければ少ないほど助かるので、この光が多いのは朗報だ。

陣形が左右に広がるのではなく紡錘型なのは一点突破を仕掛けるつもりだからだろう。彼らにはこちらの戦力は把握できていないはずなので、これはありがたく利用させてもらう。

ただ、ここからでは敵の総数がわからない。

わかるのは、ざっと見て一〇〇〇は下らないだろうということくらいだ。

「一〇〇〇匹いるとして四人で割ると――」

「そんな気の滅入る計算、やめませんか？」

アルテナの言うとおりだ。

確認してなんになる。

オークは一匹で人間五人分の戦力に換算できるらしい。それでもある程度の数ならあたしたちだけで十分に防げる。ただ、この数は……。見た目の数以上にきつい戦いになりそうだった。

二人で顔を見合わせても出てくるのは苦笑いだけだ。

魔王軍は夜陰と濃い霧に紛れて接近していた。やっぱり魔物に毒気は効かないようだ。

同士討ちになりそうな霧を逆手に取ったのは、魔法で霧を吹き飛ばすという算段がついていたからだろう。このあたりはキョウかあるいはベニマル、ダイモンの入れ知恵かもしれない。

苦笑いはほどほどにして気合いを入れ直さなければ……。

「夜番を立てた翌日にやってくるとはね。さて、私たちは運がいいのか悪いのか――」

ギンさんが押っ取り刀で駆けつけてきた。

弓を手にしているということは、アルテナと同じようにまずは遠距離で敵を減らすつもりだ。

ハーフエルフとはいえ彼もエルフの端くれ、弓の腕には少し期待させてもらおう。

「――お前はどう思う？」

お前？

アルテナやあたしに訊いたにしてはおかしな二人称だ。

「アッシにはわからないでヤンスよ～、ギンのダンナ～」

ギンさんの陰から出てきたのはヴォルトだ……。

クラッガリ峡谷で別れてからどこかへ逃げたものと思っていたのに、まだミクニにいたとは。

アルテナもあたしと同じように驚いていた。

「あなたがどうしてここに……⁉」

「いやぁ～、ヤガミのダンナとは二度と関わり合いたくなかったんでヤンスがね、ギンのダンナに――」

「彼もミクニ出身だからね、愛国心に駆られて留まっていたらしい。ハーフエルフはエルフ社会にも人間社会にも馴染めない半端者だと卑下していたんだが、やはり私の教育の賜物だな」

本当に……？

今は中折れ帽子も復活しているのでヴォルトをまともに見ることができた。

鉄爪に代えて弓を持っており、本心は見えないけれども今のところは一応戦いに参加してくれるようだ。

「そ……そうなんでヤンスよ〜、ヒャッヒャッヒャッ……」

「何度も脱走を繰り返していたお前が私と肩を並べて戦うことになるとは、嬉しいぞ」

「こ……光栄でヤンス！」

「この戦を乗り切った暁には、きっと健全な精神と肉体が手に入るはずだ。そうなれば——」

「ま、まさか⁉」

「ああ、そうだ。更生も完了、晴れて社会復帰だ」

「ムヒョヒョヒョヒョヒョ〜〜〜ッ‼」

大丈夫かなぁ〜、この人……？

まー、この際贅沢は言ってられないし、きりきり戦ってもらおう。

いつ進撃が始まるかわからないので、あたしは全員——まだイオリがいない——の服とアルテナのプレートメイルにも耐久力強化の魔法をかけることにした。

布でできた服は鎧と違って衝撃を通すものの、効力が続く限り物理攻撃を跳ね返すことができる。

繊維の一本一本に魔法をかけるため、潤沢な光貨があって初めてできる贅沢な防備だ。

「見て見て、これ！」

「ウキョ～ッ！　なんて大きさでヤンスかー！　これはアッシの懐――」

「懐がなんだって？」

あたしが積んである光貨のなかでもひと際目立って大きい一枚を取り上げると、すかさずヴォルトが反応し、ギンさんが鋭く目を光らせた。

「どう、この特大光貨？　アルテナの顔より大きいよ！」

「それって私の顔が大きい前提の比較じゃないですか？　失礼なっ！　……でもそれ、ざっと見積もって――」

「――一〇〇〇〇〇〇スヌークはありますよ……」

光貨は大きいものほど高額なので、この鏡のように大きな一枚は――

「うえええええええッ…………!?」

こんな一枚光貨はアリギエーリのいた光石鉱山でも見たことがなかった。

これを砕いて魔法を発動させられる機会なんて、これから何十年生きても二度とないかもしれない。よぉーっく噛みしめて堪能――いや、詠唱しなければ!!

「い……いいいいいくよよよ……ッ」

「リリリ、声震えてますよ？」

これで震えない、心臓に毛が生えた魔法使いがいるなら連れてきてみろ。

×　×　×

「草薙と八咫を殺せ」

これは……。

あの時の記憶か……。

オロチよ……。

何度同じものを見せる……。

「そして〈三種の神器〉などと言うくだらぬ契りを砕くのだ。オロチの子……、八神よ……」

貴様はもう封じられた……。

時を巻き戻すことなぞできん……。

そこで指を咥えて眺めていろ……。

「八神ィイイ！」

慌てるな、京……。

貴様との決着も、もうすぐだ……。

『祓ウモノ……、草薙ヨ、コノ男ヲ呪ワレシ宿命カラ救ッテヤッテクレ……』

誰だ……？

『全テガ狂ッテシマッタノハ血ノ盟約ヲ結ビシアノ日……。我ガ一族ガオロチニ魅セラレテシマッタアノ時カラナノダ』

我が一族だと……。

……………。

八神、いや、八尺瓊か……。

『一度犯シタ過チハ改メル事モナク、六六〇年モノアイダ繰リ返サレタ……。ソノ永キニ渡ル過チヲ、罪ヲ、コノ男ハ背負ッテイル。積ミ重ネテキタ罪ハ到底償エルモノデハナイ。ダガ……、罪ハ我ガ一族スベテノモノ。コノ男一人ガ背負ウコトハナイ』

なにを言っている……。

……………。

ああ、これは……。

俺の記憶ではない……。

『〝封ズル者〟トシテノ役目ヲ果タサセ、我ラガ罪カラコノ男ヲ救ッテヤッテクレ。モウ終ワリニセネバナラヌ』

そうか……。

貴様はあの時……、こんな戯れ言にそそのかされていたのか……。

『庵ト共ニオロチヲ倒セ……。ソシテ……、一八〇〇年前ノアノ時ノヨウニ……クシナダヲ護ルノダ……』

京よ……。

その結末がこの有様とは……、ほとほと余計なことをしてくれる……。
消えろ……‼
…………………………………………………………………………………。
そうだそれでいい……。
この暗闇こそ俺の……。
いや……。
これは……。
紅……。
炎……。
紅蓮の炎……。
一面の炎……。
誰だ……。
そこにいるのは……。
「ユキ……！」
背中に日輪紋……。
「紅丸……！　大門……！」
貴様、なにをしている……。
「真吾……！　神楽……！」

なぜそこにいる……。

「誰もいねえのか⁉」

京……。

「クソッ！　これも夢か……！」

夢……。

これは俺の夢だ……。

まさか……。

貴様の夢と交わっているのか……。

「なんだ、炎の色が……変わる……⁉」

そうだ……。

「俺の炎が紫(むらさき)に⁉」

そうだ……。

「この色は……！」

そうだ……。

「やめろ！　これは俺の炎じゃねえ！」

そうだ……、その炎は……。

「八神か……⁉」

俺だ。

「テメエの炎か……!!!!」

俺の炎だ。

「そこにいんのか!?」

ここにいる。

「俺を見てんのか……!?」

貴様を見ているぞ。

「だったら隠れてねえで出てきたらどうだ!!」

ほざけ。

せいぜい頚を洗って待っているがいい。

× × ×

「『プロト・エクト・アイオーン』! ——これで三九、と……」

一〇〇〇〇〇〇スヌークの重圧に耐えて魔法を成功させたあたしは、続いて市街地南端のいたるところに魔力障壁を築いて廻っていた。誰からも文句の出ない戦時下、今だけは王族になった気分——昨日のお風呂は置いといて——で好きなように光貨が使えるから採れる作戦だ。魔法を取捨選択せずに思いついた端から実践できるのは、魔法使い冥利に尽きる。

王都はエルフの嗜好で木造りの建物が多い。普通の投石や矢には耐えられても、火矢は致命傷になる可能性がある。魔力障壁はそのための備えだ。なるべく大きめの光貨を使って効力の持続時間を長くすることが重要になる。

これに加えて、詠唱輪が自動詠唱する魔物除けの魔法もあるが、こちらは毒水でいつ止まるかわからないのであまり頼りにはしていられない。

思い返せば……、あたしが卒業式で学校を爆破してなければ、あそこに残った先生たちに増援を頼めたかもしれない。昨日の今日では、光石鉱山を警備している兵士も駆けつけることはできない。罪滅ぼしというには大袈裟すぎるけれど、せめてアリギエーリの時みたいに諦めたりせず、精一杯あがいてみよう。

あたしは仮面を外し、額の汗を袖で拭った。借り物の給仕服だからといって遠慮することはない。だって、これから目も当てられないくらいボロボロになる可能性が特大なのだから。

×　×　×

「私たちはこちらの寡兵を隠蔽するため、できる限り広範囲に動き回って矢を射ます」

あたしが戻ってくると、アルテナがギンさんとヴォルトに指示を出していた。

実戦ともなると騎士団に属している彼女はぐっと頼もしく見える。完全に指揮官だ。

淀みなく喋れるあたり、昨夜から熟考していたんだろう。

「敵の接近を許した場合は即時に格闘戦へ切り替えてください。ただし、無理にとどめを刺そうとせず、一撃で仕留められなければ腱を断つなどして動きを封じるだけで構いません。質より量でいきましょう」

　ここでギンさんが軽く手を挙げた。

「その『いきましょう』は『生きましょう』という意味でもあるのかな？」

「そんな気の利いたことを言える余裕、ありませんよ」

　はははと笑い、頭をかくギンさんこそ冗談を言って場を和ませようとしたのかもしれない。

　面白くないけども。

「とにかく、絶対に生き残る、絶対に勝てる、という気持ちを強く持ってください。それから、自分が犠牲になっても――という考えは禁止です。最後の最後に生を掴むには、自己犠牲という甘美な誘惑を乗り越える強さが必要なのです」

　皆、黙って聴いている。

　彼女が身を以て経験したことを語っているのがあたしにはわかった。あの時あの場で寄り添っていたのは、他ならぬあたしだったのだから。

　これで安心できた。

　アルテナはもう二度と命を引き換えにする戦い方を選ばない。

「さて、そろそろ準備をしましょうか」

　アルテナが弓に矢を一本、つがえた。矢の回転で鏃が敵の体に深く食い込むよう、矢羽は三枚だ。

「エサーガ公国騎士団のお手並み拝見といきましょう」

ギンさんも矢をつがえるが、人差し指と中指の間に一本、中指と薬指の間に一本の合計二本。甲矢と乙矢の一手を同時に射るつもりだ。ハーフエルフもやっぱりエルフなんだなぁ、と感心してしまう。

じゃあ同じハーフエルフのヴォルトも……と期待して彼を見ると照れくさそうに一本だけつがえていた。

「ないよりはマシってとこでヤンス」

確かに射手は一人でも多いほうがいいので、あたしは頷くしかない。

これらの弓とあたしの魔法でどこまで敵を減らせるかが初戦の要点だ。

あとは魔王軍がいつ進撃を始めるか次第。

幕営でも始めたらえらいことになる。このまま持久戦に持ち込まれるとこちらは圧倒的に不利だからだ。なにせ交替要員がいない。

「では、散開っ‼」

アルテナの号令であたし以外の全員が散っていった。

皆、背を低くし、石垣に隠れるように疾る。

それにしてもイオリはどうしたんだろう……。

ちょっとした不安に駆られながら、あたしは仮面を被った。

「ブフォオオオオオオオオォォォォォォォッッッッ!!!!」

全員が持ち場についてからものの一〇分もしない内に、魔王軍から鬨の声が上がった。

草原を踏みにじり、ゆっくりとした速さでの前進が始まった。

魔物の大部分がオークだとようやく判別できるような距離になった時、あたしはその大軍の中に一匹の見知ったオークがいるのを見つけてしまった。

正確に言うと、見知ったオークに似た——が正しい。

マミナ村でイオリが倒した真っ黒なオーク・ロードに酷似している。背丈も同じくらいだが、こちらは鎧を身につけていない。この個体以外にオーク・ロードは見当たらないようなので、恐らくこいつがオークの指揮官だ。大きな戦槌を軍旗のように高く掲げている。

と、あたしの周囲が一瞬だけ暗くなった。

太陽が雲に隠れたような感じといえば伝わるだろうか。

どうしたのかと見上げてみると、空には——

「紺色のワイバーン⁉」

ワイバーンは竜種に属す、ドラゴンの亜種とも言われる緑色の魔物で、高度な飛行能力を持っている。ドラゴンに似た蜥蜴のような頭、蛇のような尾、猛禽類のような脚、そして蝙蝠のような翼と一体になった前肢には鋭い爪が一本生えていた。

あたしも幼い頃に紺色の体色をした珍しいワイバーンを見たことがある。それと同じようなワイバーンを今になってこの目で見ることになるとは、つくづくついている……って喜んでる場合じゃない。魔物ではあっても調教次第で騎乗することもでき、古のザッカー帝国では飛行戦力として猛威を振るっていたと伝わっているからだ。

幸いなことに、ワイバーンは炎を吐いたりすることはないので空中から蹂躙される心配はない。

それだけは救いだったのだが……。

上空で旋回し戻ってきたワイバーンの足には大人五人分ほどもある岩が掴まれていた。

まさか岩の爆撃⁉

嫌な予感は的中した。

岩があたし目がけて降ってくる。

まず魔法使いのあたしを狙うなんて生意気だ。

こんなことなら上に向けて魔法障壁を展開しておけばよかった。

まさかこれであたしの戦いが終わるなんて……。

まだなにもしていないのに……！

すれ違いざま、ワイバーンの背中に乗っているコボルトがあたしを見て確かに嗤っていた。犬のような横顔から犬歯が覗いて見えたのだ。

「オークは大きすぎて無理だからコボルトを乗せたのか」とか「ニーヤの言ってた西から東へ飛んでいった大きな影って」とか、ぼんやりした感想を抱いている間にも岩はあたしに向かって落ちてくる。過去の記憶が走馬灯のように浮かんでこないところを見ると、まだ死ぬには少し時間があるようだ。

避ける暇はないのに考える暇があるのは、冷静に考えると奇妙なものだ。

この瞬間にでも逃げればいいのに、と他人事のように思ってしまう。

あたしを覆う岩の影はどんどん大きくなり、表面の凹凸までわかるようになった瞬間。

「ほおおあぁッ！」

横殴りの紫炎が岩へ叩きつけられた。

瞬時に岩が蒸気を上げて融け、周囲へ粘性の強い飛沫を飛び散らせる。

熔岩化した岩はぼたぼたと地面に落ち、たくさんの朱い高温の水溜まりを作っていた。

「あっつッ！　熱い熱い熱いッ！　イオリは平気でもあたしは溶けるってばーッ‼」

「フン……、そこまで面倒は見ん」

軽く膝を曲げて着地したイオリは、左手に残っていた炎をこともなげに振り払った。

一段上の石垣から横っ跳びに『鬼焼き』を繰り出し、回転で生じた渦で熔岩を飛散させてあたしを助けてくれたように見えた。これが『琴月　陰』のように下へ叩きつけて炎を生み出す技だったら、あたしも一緒に溶けてしまっていただろう。

彼がそこまで考えて技を選んでいるのかわからない。でも、まだお礼を言っていないことに気づいた。

「ありがとぉおおぉ、イオリィィ……、死んだかと思ったぁ……」

初めはあまりの熱にびっくりして文句を言ってしまったが、そこは目をつぶってほしい。

でも、岩の融解点はものによるけれど八〇〇度から一二〇〇度とかだったはず……。そんな高熱を魔法でもないのにお手軽に扱えるって——違った……、アルテナの剣が融けるのだからこれでもまだ高熱じゃないんだ。鉄の融解点は一五〇〇度くらい……、岩を融かすなんて彼が本気を出せば朝飯前なんだろう。

「リリリ――――っ‼」

この声はアルテナだ。

息を切らせて駆け寄り、あたしを抱きしめてきた。

持ち場を離れてあたしのために？

「く、苦しいよー、アルテナー」

「よかった！　怪我は……ないみたいですね！」

「イオリがね、助けてくれたから」

彼を見るアルテナの顔はもう喜びで満ちあふれている。乙女の目だ。

さすがとか、やっぱりとか、素敵（すてき）とか、称賛（しょうさん）する言葉は数あれど、この眼差（まなざ）しを向けられるだけのほうが彼にとってはよっぽどばつが悪いんじゃないだろうか。

「夢を見た……」

今、なんて……？

…………？

夢……？

なにを言い出すんだろう。

ここまでの流れとまったく関係がない。

「ゆめ？」

アルテナもあたしと同じ感想のようで、大きな疑問符のついたひと言を返している。

夢を見たことがどうとかではなく、この状況でいきなりなにを言い出すんだ、という純粋な疑問だ。

彼らしいと言えば彼らしいのだけど……。

「奴が喚んでいる」

夢は寝てる間に記憶を整理するためのものとも言うし、なにかが報せとして見せるものとも言う。おまけに、色のついた夢を見る人は野生の勘とか第六感みたいなものがあるらしい。イオリは勘も鋭いし、きっと捨て置くことのできないなにかがあったのだろうと想像はつく。

あたしは魔王軍の中に魔王――キョウがいるかどうか確かめることにした。

ささっと結印し、一番小さい光貨を割って、ぱっぱと詠唱する。視力を強化する遠見の魔法は、それだけ簡単な初級魔法だった。

「魔を束ねし弦　彼方の光を此方の光へもたらしたまえ――」

あたしは右手の人差し指と中指の先に生じた魔法陣を、敬礼するような仕草で右眼の前に移動させた。

この魔法は呪文の詠唱後すぐに魔法陣が消えたりしない。魔法陣そのものを使って遠くを見るところがほかの魔法と大きく違う。

「『テルエスク・オープ』！」

魔法陣の中央の円が広がり、遠くにいる魔王軍のあんなところやこんなところを余すところなくあたしの目に届けてくる。

「げえええ……、間近で見るもんじゃーないねー。オークにコボルト、あとでっかい棍棒持った……やだなぁ、トロルが一匹――」

トロルはオークの二倍以上の背丈を持った知性のない巨人種で、純粋な腕力勝負ではほぼ勝てない。一匹でもいると戦局に大きな影響が出る、魔法を頼りに戦うしかない相手だ。

「奴は……いるか？」

いるとしたら、軍の一番後ろか。

魔法陣と顔を少し上にずらし、さらに奥を覗いてみる。

「あ！　ベニマルとダイモン、見っけ！」

オークの担ぐ屋形のない輿の上で、ベニマルは腕を組み、ダイモンは両腕に力瘤を作っている。偉そうにしているということは、この二人が総司令官なのかもしれない。

それにしても魔王窟からイクマー山地の山中を抜け、魔王軍の本隊と合流できるような早駆けをこなせる人間なんて南貴皇国にしかいないと思っていたのに……。

「キョウはいないね。別の場所にいるかもしんないから敵の数調べるついでに捜してみるね」

あたしはこっちに向かってくる軍の先頭から数えることにした。

「一、二、三、四、五、六――」

まるで野鳥の数でも数えている気分だったが、相手は魔物なので楽しくもなんともない。

ほとんどは斧を持ったオークだ。例の十字弓を抱えている個体もいる。コボルトが意外に多いのは種族的にオークに隷属しているからだろう。

「あーもう、キリがな――」

と、ここであたしは心臓が飛び出るくらいに驚き、意識せず石垣に身を隠してしまった。

アルテナも慌ててしゃがみ込む。

「どうしました?」

「オ……オーク・ロードが……同じ魔法で……!」

そう、あのオーク・ロードが今あたしの使っている遠見の魔法と同じものでこちらを見ていたのだ。

魔法陣越しにあたしの右眼とオーク・ロードの右眼が交差してしまった……。

マミナ村で倒したシグマとそっくりの大きく黄色い瞳に、憎しみの炎が宿っているのが種族を超え伝わってきてあたしの背筋を凍らせた。

きっとこいつだ、『ウィン・ドー』で霧を吹き飛ばした魔物は。

「奴がいないのは確かだな?」

「う……うん」

イオリは地面を軽く一蹴りし、石垣の上に仁王立ちした。

「魔王窟へ行くんですね」

アルテナが彼の意図を汲んで言葉にするが、わかっているのは彼女だけではない。あたしだって同じことを考えていた。

返事はないが、彼の場合それが返事だ。

もう慣れた。

ただ今回は代わりに返ってきた言葉があった。

「女騎士。軍人の誇示する胸糞が悪い力は内にも向くことを忘れるな」

「内？」

「死を強要する同調圧力だ。どんなお題目を並べていようが、死が目的となりうる異様な空気が生まれることはある」

死を強要……？

死が目的……？

「魔法使い。お前も場の空気に惑わされないことだ」

そうか……。イオリは暗に、あたしたちが玉砕という手段に出ることを戒めているのか。

彼のいう軍人のアルテナもそれを間違えず理解し、頷いていた。

彼女も生きろと言ったし、あたしたちが諦めて自分で死を選ぶことは、たぶんもうない。それでもあえて言葉で伝えてきたのは、あたしたちの命を気遣ってくれているからじゃあないだろうか。少なくともあたしはそう思っていたい。

そうだ。戦端の開かれる前、彼が行ってしまう前に精神力を補給しておこう。

イオリの脚に抱きつこうと手を広げると――

「ワイバーンが戻ってきます‼」

アルテナの叫びがあたしの『適度な休憩』を台無しにしてしまった。

さっき岩を落として嗤ったコボルトを乗せたワイバーンが大きく旋回して戻ってきたようだ。岩は掴んでいないので偵察を兼ねて、なのだろう。

イオリは微動だにせず上空のワイバーンを目で追っている。ワイバーンのほうはイオリではなくあたしを見ている気がする。獲物として捕捉されてしまったのかもしれない……。

アルテナが飛行速度に合わせて矢を射かけるものの、棘の密生した尾にはたき落とされてコボルトまで届かない。ワイバーンを操る魔物を狙うのは理に適っているというのに。

そうこうしている内にワイバーンはイクマー山地のほうへ去っていった。さっきの爆撃に味を占め、また岩を運んでくるつもりだろう。今度はもっと巨大なものを選ぶに違いない……。

「客席は埋まったな……。ライブの開演だ」

そう嗤うと、彼は石垣の向こうへ姿を消した。

翻ったマントがあとを追って見えなくなったちょうどその時――

「ヤガミのダンナ、アッシらを見捨てる気でヤンスか〜〜〜っ⁉」

「なんという卑劣漢！　やはり彼の精神は歪んでいた！」

ワイバーンの再接近に危機感を抱いた咎人更生塾の二人が戻ってきた。

イオリのことが理解できていないとこれが普通の反応だろう。

「いいえ。イオリは魔王と戦うために、たった一人で魁を買って出てくれたのです」

「そうそう。魔物が団結して攻めてきたのは魔王がいるからで、じゃあ魔王を倒せば〜？」

アルテナとあたしは先々のことを考えて彼の意図を説明しておくことにした。

なにも教えないで、このまま一緒に戦いましょうは通じないと思ったからだ。

不信感を払拭しようとしない彼も彼だが、ここにいないので仕方がない。

「敵は総崩れになり烏合の衆へ戻る……」

「どうしてそこまでヤガミのダンナのことを――」

「そりゃあねー」

あたしはアルテナに目配せした。

「いいパーティー……ではなくて――」

「『いいチームだから』です」

マントをなびかせ草原を駆け抜ける影が一つ。降ってくる矢を蛇行してかわすような小細工はせず、橋に向かって一直線に進んでいる。命中しそうな矢だけを腕の一振りで叩き折り、それ以外は無視するという極端に省力化された動きだが、ここまで徹底されると美しく洗練されたものに見えてしまう。

魔王軍側の魁は橋に取り付き、幅一杯を使って渡ってきた。

イオリは身を低くし、そこへ突っ込んでいく。

疾る歩幅に躊躇いはまったく見えなかった。

「イオリが渡ったら、橋を落とすよ」

この場に一人だけ残ったアルテナへ声をかけ、両手一杯に掴めるだけの光貨を掴んだ。

腕を下↓右下↓右横、もう一度、下↓右下↓右横へ振って結印しつつ強く握ると、ベキベキベキッパキパキパキッと小気味のいい音か響き、指の間からキラキラした欠片がこぼれ落ちていく。

あたしはこの恍惚となれる瞬間がたまらなく好きで、むしろ魔法を放つのは二の次と言っても過言ではない。耳も目も手も愉しませてくれるこの世界の魔法ってほんとに最高だ。大きな光貨を割るのとはまた別の快感が両手を駆け抜け、脊髄を経由して脳を刺激する―。

ダメダメ、浸りきっていては……。

イオリの移動速度と対岸までの距離から残り時間を逆算し、あたしは直ちに呪文詠唱を開始した。

緑色の極光が体を取り巻き、外の景色が歪んでいく。

濃度の高い魔力が渦を巻いているのが感じられる。

「魔を束ねし弦――」

イオリは橋を渡りきった最初のオークに接触していた。

右手一本で下から上へ切り裂き、ただの一撃で絶命させる。

続いて左手にいるオークへ振り上げた右手をそのまま下ろし、頭から脇腹へかけて四本の裂傷を刻み込む。噴き出す血飛沫の量でこのオークの命もたった今消えたことがわかった。

もはや技と呼べるようなものじゃない。

殺意が爪という形をとって戦場を駆け抜けているだけだ。

彼の通った跡が一本の赤い道となって伸びていく。

文字通り血路を開いていた。

「緋き炎　白き炎　玄き炎　三つの炎に無間の循環を――」

アルテナが目を大きく見開いている。眼が三白眼ならぬ四白眼になっててせっかくの美少女が台なしなのに気づいてないんだろうか。

「リリリっ‼　その呪文はまさか⁉⁉」

彼女の想像はたぶん正解。

でもこれは結構大変な魔法なので精神を集中している間は返事をすることができない。

あたしにできるのは、にーっと笑うことだけだ。

橋の上空に巨大な魔法陣が描かれていく。

たくさんの光貨を使った分だけ魔法陣も大きくなる。

かざした両手も輝き、魔法陣の内側を緋、白、玄の三色に彩られた魔力が螺旋状に廻りはじめた。

イオリにならこの魔法陣に展開している術式のアルファベットが読めるので、あたしがなにをしようとしているかすぐにわかるはずだ。

「廻り　廻れ　天蓋のくびきに触れし万丈の焔　三炎を喰らい爆ぜよッ！」

よかった、ちらっと魔法陣に目を走らせたイオリは即座に戦いを放棄し、魔物たちの間をすり抜け対岸へ疾った。

そのイオリの様を見て異変を感じ取った一部の魔物が上空を見て「ブヒヒヒッ」と声を上げるが

もう遅い。

「『エクス』！」

イオリは完全に魔法陣の範囲から抜け出していた。

「『プル』！」

それでも立ち止まって魔法の効果を確認するようなことはせず、前進を続けている。

「『オース』！」

それでこそ彼らしい。

「『アイオーン』‼」

閃光に続き耳をつんざく爆音、それと巨大な爆発が橋を含む周囲一帯を呑み込んだ。

爆炎と爆風が魔法陣の内側を蹂躙し、破壊を撒き散らすと同時に酸欠状態を作り上げる。

爆炎だけは魔法陣に留まっていたが爆風はそうではなかった。

外側まで波及し、強烈な風圧として魔物たちを薙ぎ倒したのだ。

致命の一撃ではないが衝撃波で三半規管がいかれた個体もいるだろう。

「傭魔の使ってた魔法……？　いつの間に会得したんですか……」

「言ってるでしょー？　天才だって」

いつの間に、と言われても実はうまく回答できない。初めて呪文を聴いた時、術式を見た時、なんとなく再現できると思ってしまったのだから。

この魔法は純粋な魔力の燃焼による爆発を引き起こす。起源を三大竜王焰竜アリギエーリに持ついわば禁呪と呼ばれる類いのものだ。『竜王魔法』というのが適当かもしれない。それだけに爆発力の調整が難しかった。王国に向かう道中で一度こっそり練習しておいたのがよかったみたいだ。

もうもうとした土煙が薄くなると橋のあった付近が円状に抉られているのが見えてきた。

草原との境は焼け焦げ、橋は跡形もない。

一〇〇匹くらいは戦力を削げただろうか……。

「これでこちらに攻め上がるには川を徒渉しなければなりませんね」

「少しは時間が稼げたね」

でも、ひと息ついてもいられない。

徒渉に手間取る魔王軍に、矢と魔法を雨あられとお見舞いしてやらなければ！

ピギャアアアアッと声が轟いたのは、そう思った直後だった。

東の空に響くこの声はワイバーンのものだ。

戻ってきたようだ。

だがワイバーンはこちらには向かってこず、魔王軍のほうへ進路を改めた。足に巨大な岩――一撃目の一〇倍以上はあるように見える大岩を掴んでいるのに。

もしかするとワイバーンを操っているコボルトはイオリを先に片付けようとしているのでは……？

急降下するワイバーンを見て、彼の周囲から一斉に魔物たちが潮が引くように退いていった。

大きく開いた顎門が迫る。

岩の爆撃で葬るのではなく、餌代わりに捕食させようとしているのだ。

彼の服には耐久力強化の魔法はかかっていない……。あの鋭い牙(きば)で咬(か)まれたらいくらなんでもひとたまりもないだろう。

「イオリッ！　危ないーッ‼」

届くはずもない叫び声を上げるあたしをよそに、ガチンと咬み合わされる牙を『乙(おつ)・後駆(うしろがけ)』で避け、彼は一瞬しゃがむと大きく跳び上がった。

常人離(ばな)れした跳躍力(ちょうやくりょく)にあたしの目には残像が見えた。

「ワイバーンを乗っ取るつもりでは……」

まさかという感情のこもったアルテナの指摘(してき)は、当たっているかもしれない。

ただ、それでも空を飛ぶワイバーンへ届くには決定的に飛距離が足りなかった。

彼を喰らい損(そこ)ねたワイバーンが旋回を終え、再びやってくる。

是(ぜ)が非でも喰い殺すというコボルトの悪意が透(す)けて見えるしつこさだ。

「イオリ……」

アルテナとあたしはどちらからともなく手を握り合っていた。

するとイオリは手近なオークへ駆け寄ったかと思うと巨体の肩目がけて跳び上がり、そこを基点に再度残像を伴(ともな)う跳躍を見せた。

「あたし、変なもの見ちゃった……」

「な……なんですか、あれ……？」

飛距離を伸ばすために敵を踏み台に利用するなんて、真っ当な人間なら考えようともしない。発想の転換というより、攻撃以外で敵に近づくなんて無謀な行為にあたしたちは笑うしかなかった。

そんな地上組の戸惑いをよそに、イオリは空中で伸身宙返りを見せ、見事ワイバーンの背中に降り立った。

首の付け根に跨がっていたコボルトが焦って振り返る。嗤ってはいたが、その表情に余裕は感じられない。

彼は問答無用でコボルトの首根っこを掴むと、前方に放り投げた。

それを待ってましたとばかりにワイバーンが喰らう。

バキベキボキと骨の砕ける音が聞こえるような気がしてちょっと気色悪い。

面白いことにワイバーンはイオリを振り落とそうとはしなかった。もしかすると、コボルトを食べたのも餌というより意趣返しの面があったのかもしれない。もしそうならこのワイバーンは彼の支配下に置かれたことになる。

彼がコボルトのいた位置に座ってもワイバーンは大人しく滞空している。長い首を曲げて顔を向け、指示を待っているかのようだ。

イオリは手綱を握ると地上のトロルを指差した。

意図を理解したのか、ワイバーンはひと鳴きすると急上昇をはじめた。

なにを意気投合したのかあたしたちにわかるはずはないけれど、戦う生き物同士どこか通じ合う部分があった……と思っておこう。

たっぷり上昇し、太陽を背にしたイオリとワイバーンの姿が眩しい光に溶け込み見えなくなった。

再び姿を現したのは、逆光のなか急降下に移ったあとだ。

十二分の加速で最大速度に達するや否や大岩を放出し、オークたちの矢を避けるため再び上昇に転じた。

質量を増した大岩は正に目にも留まらぬ速度で斜めに落下していく。

まずトロルの頭部を上半身ごと粉々に吹き飛ばし、そして背後にいるオークとコボルトを多数巻き込んで地面に深くめり込み、ようやく止まった。

どうっと倒れるトロルは巨大な棍棒でさらに魔物を巻き添えにしたため、思わず歓声を上げるあたしたちだった。

ワイバーンの鳴き声も戦場に響き渡る。

「ざまあみろ」とでも言っているように聞こえるのは都合がよすぎるか。

どうやって操っているのだろうとは思うが、通じ合ってしまえばそんなことは関係ない……のかもしれない。

ワイバーンは翼を翻し、イクマー山地へと向かっていった。なびくイオリのマントがなんとも様になっている。

このまま向かうのだろう。

魔王の許へ。

初手は完全勝利に終わった。ここからは本格的に攻めてくる魔王軍を食い止め、ベニマルとダイモンにイオリを追わせないよう牽制するのがあたしたちの役目だ。

× × ×

『祓ウモノ……、草薙ヨ、コノ男ヲ呪ワレシ宿命カラ救ッテヤッテクレ……』

クソ……！

またこの夢か……！

『全テガ狂ッテシマッタノハ血ノ盟約ヲ結ビシアノ日……。我ガ一族ガオロチニ魅セラレテシマッタアノ時カラナノダ』

何度同じ光景を見せやがる……！

『一度犯シタ過チハ改メル事モナク、六六〇年モノアイダ繰リ返サレタ……。ソノ永キニ渡ル過チヲ、罪ヲ、コノ男ハ背負ッテイル。積ミ重ネテキタ罪ハ到底償エルモノデハナイ。ダガ……、罪ハ我ガ一族スベテノモノ。コノ男一人ガ背負ウコトハナイ』

もう終わった話だぜ……！

『〝封ズル者〟トシテノ役目ヲ果タサセ、我ラガ罪カラコノ男ヲ救ッテヤッテクレ。モウ終ワリニセネバナラヌ』

うるせえ……！

『俺ト共ニオロチヲ倒セ……。ソシテ……、一八〇〇年前ノアノ時ノヨウニ……クシナダヲ護ルノダ……』

紅蓮の炎……！
一面の炎……！
これは……草薙の炎……！
「オオオオオォォォ……」
なんだ、炎の色が……変わる……!?
俺の炎が紫に!?
「オオオオオオオオオオ!!」
この色は……！
やめろ！
これは俺の炎じゃねえ！
「オオオオオォォォォ!!」
八神か……!?
テメエの炎か……!!!!
そこにいんのか!?
俺を見てんのか……!?
だったら隠れてねえで出てきたらどうだ!!
何度も何度も俺の夢に現れやがって……！
しつこいんだよ……!!

八神イイイイ……‼

×　×　×

「ピギャアッ‼」

ワイバーンは白亜(はくあ)の断崖(だんがい)に口を開けた洞窟(どうくつ)の近くに庵を降ろすと、ひと声鳴いていずこかへ飛び去っていった。

水守人(みずもりびと)の小屋のさらに奥にあるという魔王窟の入口がここだ。

周囲に背の高い樹木はまったく茂(しげ)っておらず、せいぜい腰(こし)の高さまでのものしかない。それらも紅く色づいた葉をほとんど散らせ、去りゆく秋の名残(なごり)を惜(お)しむように真っ赤な小さい実だけが生(な)っていた。

青い空に白い断崖と赤い木の実。風景だけ切り取れば、ここに魔王がいるとは誰にも思えないだろう。

庵は足許を流れる細い流れに気づいた。

クラッガリ峡谷で見たものよりもなお蒼く粘度(ねんど)を保(たも)った水が流れている。

上流へ目を向けると、流れは魔王窟へと続いていた。

彼はすべてを理解した。

魔王窟こそがヨード川の水源であり、毒の発生源だということを。

そして、ヨード女王の言葉が正しければ尻尾を貫かれたドラゴンが待ち受けている。

彼に魔王となった京とドラゴンの関わりを推測することは難しかった。が、どちらも力で排除できるものである以上、彼にとっては些末な問題にすぎない。

洞窟の中に、ぽうっと炎が一つ生じた。

色は紅。

「迎え火のつもりか」

俺は右腕を顔の近くまで上げ、逆に左腕は腰のあたりに下げていた。

奇襲に備えて既に構えを取っている。

炎が揺らめきながら近づいてくる。

「チッチチッ……、テメエの送り火だ」

「ならば順序は逆だ。貴様の葬式がまだだ――」

「イイヤァ！」

彼が言い終わる前に炎はふっと消え、闇の中から弧を描くような蹴りが襲ってきた。

空中で体を大きく回転させた、しなる回し蹴りが頭部に叩きつけられる。

が、俺はそれを避けず、あえて両腕で受けていた。

「『七百七式・独楽屠り』か。洞窟の闇を利用するとは、少しは利口になったな」

「間違えるんじゃねえ！　『Rainbow Energy Dynamite KicK』だ！」

まんまと奇襲攻撃をいなされた京が吠える。

「テメエ、なんでかわさねえ？」

「貴様に確かめたいことがある」

と言い放ち、俺は京の額に巻かれた白い布をむしり取った。

「なにしやがる!?」

額はすぐに前髪で隠れてしまったが、彼には見えていた。

そこにはなにもなかったことが。

彼は京の額に、邪悪な禁呪による紋章が刻まれていると推測していた。以前戦った傭魔が魔物を使役していたように京も誰かに操られていると見ていたのだ。でなければ魔王に祭り上げられて侵略の首魁などになるわけがない、と。

「フッ……、貴様の意思というわけか」

「なにがだ」

「だが魔王だろうとなんだろうと関係はない。俺はやるべきことをやるだけだ」

胸倉を掴んで京を引き寄せた俺は、その勢いのまま頭突きを喰らわせた。

二人の額が割れ、血が流れ出る。

鮮血が眉間を通り、鼻筋を掠め、口許から顎へ伝って地面に最初の一滴が落ちるかどうかという刹那、巨大な影があたりを覆い、突風が吹き下ろしてきた。木々は激しく揺さぶられ、落ち葉は舞い上がり、小石が礫となって無差別にあたりを叩く。

彼らの額から流れた血も飛沫となって散った。

　この世界にはドラゴンと呼ばれる魔法生物がいる。そのなかでも三大竜王と称する三匹は絶大な魔力を誇り、無敵を標榜していた。

　その最後の一匹がこの決闘の場に舞い降りたのだった。

　巨木の幹ほども太い脚の着地に地面が大きく震え、地響きが断崖に反響する。

「我が名は雷竜ダンテ。三つの雷を統べし竜」

　焔竜アリギエーリや氷竜ドゥランテに似た、角の生えた頭部と鱗で覆われた胴体に翼を持つドラゴンだったが、一つだけ異なる部分があった。

　首が二つしかない。

　本来はほかの二匹同様に三つの首を持っていたのだろうが、今は中央の首を失っていた。最近傷を負ったのか焼け焦げた傷痕に黄色い血が滲んでおり、痛々しい。

「我の姿を見て脅えぬとは奇しき人間よ」

「テメエも三大竜王って奴か」

「なぜ故にその称号を知る。異類異形の魔物のみが知る名を」

　ダンテの声にはわずかに驚きの感情が混じっていた。

　右首の頭が俺を、左首の頭が京を、傲岸不遜な光を放つ眼でもって睨めつけている。

「アリギエーリは俺が屠った」

　これに京が続く。

「ドゥランテなら奥で寝てるぜ。二度と起きねえがな」

くいっと親指で洞窟を指す動作に、庵は京の斃したドゥランテこそ浮上彫のドラゴンだと気づいた。強大な三大竜王は遂に最後の一匹となってしまったが、彼が感慨に耽るほどの存在ではなかったため感情に起伏は見られない。

しばらく間があり、ダンテが喉の奥で唸り声を上げているのが空気を震わせ伝わってきた。

ぐうううううううっという低音の呻きが落ち葉を揺すっている。

「「央の首の仇、共に遂げようと訪ね来たれば……。人間ごときに討たれるとは惨き最期よ。せめて我が――」」

ぐあっと大きく開いたダンテの口の中では、上の牙と下の牙の間に放電現象が起きていた。

放電は奥から手前へゆっくり移動し、前触れもなく――

轟っ、と放たれた。

無数の雷が放物線を描き、庵と京へ落ちる。

ドラゴンから人間へ、彼らの世界では存在し得ない落雷の直撃が全身を駆け巡り、地面へと流れてゆく。

周囲には金気臭いような妙な臭いが満ち、極薄い紫色のもやが立ち込める。

双方のマントは燃え上がり、落ち葉も水蒸気を上げすぐに発火して炭と化した。

自然現象のなかでも炎を操るのがフレイムドラゴン、水や氷を操るのがフロストドラゴンだ。それぞれ、アリギエーリとドゥランテということになる。そして雷を操るのがライトニングドラゴン――ダンテだ。

「京！　俺は、貴様の苦痛に歪む顔が俺の憎しみを癒す最高の特効薬だと言った！」

俺は片膝を折った京の胸倉を再び掴み、強引に立ち上がらせた。

彼も同じように雷撃を喰らったはずなのにものともしていない。

「こんなものが苦痛だと⁉」

だが全身いたるところに落雷の余波は残っていた。特に露出した手や首、胸板からはいまだ放電が続いている。効いていないわけがない。

それでも屈しないのは、痛みよりもドラゴンよりも優先すべき存在が目の前にいるからだ。

「背中の日輪が泣いているぞ！」

「……お前、……薔薇のコロンでも……つけてるのか……？」

薄く目を開けた京が眠そうに語りかけてきた。

思わず手を放し一歩後ずさる俺だったが、心なしか気まずそうにしている。

京は京でよろめく体をなんとか踏みとどまることで支え、頭を振っている。

「よう、八神……」

「京……？」

自分の身なりに違和感を覚えたのか、左右の肩に載った不気味な装飾を交互に見て絶望的な表情と口調で吐き捨てた。

「なんだ……このダセえ肩パットは？　世紀末かよ」

言いながらマントの残骸を脱ぎ捨て、もう一度頭を振って俺に向き直った。

「――で、なんでお前がここにいるんだ？」

「な……なにを言っている。貴様は魔王として――」

「おいおい、俺が魔王って、頭がいかれちまったのか？」

　今までの会話を綺麗さっぱり忘れてしまったような京の物言いに、さしもの俺も混乱してきているようだ。額に手を当ててなにごとかを考えている。

「貴様、このドラゴンを――」

「八神……、お前……。『血の暴走』で本格的に逝っちまったのか……」

「憐れむな！」

「じゃあなんだよ！　魔王だのドラゴンだのワケのわかんねえことを。お前、妹の影響でゲームでも始めたのか？」

　ここで俺は一つの結論に至った。京にはこちらの世界に転移してからこれまでの記憶が残っていないのだ、と。ダンテの雷撃が記憶を消去してしまったのかどうかまではわからないが、魔王として君臨していた男はもうここにいなかった。

「そうか貴様……、夢で俺を呼んでいたのはこのためか」

「夢……？　そういやあ今の今まで、ずっと夢の中にいたような気がするぜ」

「この世界に転移してからのことをどこまで覚えている」

「転移？　この……世界……？」

「思い出せ、京。月蝕のあの日、貴様と俺がオロチを封じた時、世界を渡ってしまったことを」

いくつかの単語が京の記憶を乱暴にまさぐり、激しい頭痛を引き起こした。

両手で頭を抱え、苦しみ悶（もだ）えている。

「ぐ……、な……なんだ……この、頭痛は……、クソッ！」

「「その苦しみ、我（われ）が速（すみ）やかな死をもちて——」」

「「やかましいっ‼」」

突如（とつじょ）、そして寸分のずれなく、紫色の炎と紅蓮の炎が螺旋（らせん）となって突き上がった。

「「ォオオアッ‼

　おぉうりゃあ！」」

二人の、炎を纏（まと）った裏拳（うらけん）がそれぞれダンテの頭にめり込み、鱗を裂いて肉を爆ぜさせる。爆ぜた肉はその場で消し炭となり、暴れる炎は二つの頭を内部から灰にして断末魔（だんまつま）の悲鳴さえ上げさせぬ内にダンテを絶命させた。

たった一撃。

これが正真正銘（しょうしんしょうめい）、全力全開、本気（マジ）の『鬼焼き』だ。

エサーガ公国の武芸大会でアルテナが受けたものなど、焚（た）き火の炎がちろりと掠めた程度の熱量しかなかったことが嫌でも理解できてしまう結末だった。

「三匹でかかってくれば首一本の差で勝てたかもしれんものを、所詮（しょせん）は獣（けだもの）か」

三大竜王を自負するダンテだったが、無視されたことに憤慨（ふんがい）し首を突っ込んだのが完璧（かんぺき）に裏目に出てしまった。土煙を上げて倒れた巨竜の体はまだ燃え続けている。

彼ら二人の炎はこの世界に来てから火の精霊の力によるものか徐々に威力が上がっていた。ダンテを灼いたこの炎も、すべてを灰にするまで消えることはないだろう。

「少しずつ思い出してきたぜ。あの時、俺はお前と光に包まれて……、気が付いたら知らねえ場所に……」

「こいつに驚かないのか」

俺は顎をしゃくってダンテの亡骸を指し示した。

高温のため既に元の形は崩れており、炭化した小山ができあがりつつある。

「もう驚いても仕方ねえだろ。こういうモンスターのいる世界だって納得しねえとよ。ただ――」

記憶の糸を手繰っている京を見つめる俺は無言だ。

無言で話の先を促している。

「忍者みたいな奴らと戦った記憶が、おぼろげながらある……」

「忍者だと……？　この世界でか」

「そこで妙な技を喰らって――わりぃが記憶があるのはここまでだ」

「貴様、仕立てられたな。魔王に」

「知るか。話は終わりだ」

言外の意思表示として京が完全に炭化しきったかつてダンテだったものを蹴ると、かさりと柔らかな音がしてぽろぽろ崩れていった。吹いてきた一陣の風によって灰が舞い、二人の視界を奪う。

それでも俺は目を閉じはしなかった。

「まだ終わっていないことがあるぞ」

片目だけ閉じていた京だったが俺の言葉に含まれた意図へ敏感に反応し、閉じていた目を拭った。

「どうしてもやるのか？」

「今更、命乞いか……」

この世界にやってきて初めて、二人は陽の光の下に対峙した。

ようやく訪れた待ち望んだ刻に、月の光の下に棲む男はただ嗤っている。

和平交渉はできないものなのか？

アルテナは昨夜、ヨード女王にそう進言してみたそうだ。

女王の返答は「無駄です」と簡潔だったらしい。

二〇〇年前のオーク戦争では和平を講ずるため真っ先に使者を送ったものの、結果は無残な骸が送り返されてきただけだったという。

オークに講和はない。勝つか負けるか、勝者となるか敗者となるか二つに一つで、最初から第三の道なんて存在しなかった。それが魔王の威光を笠に着て調子づいた今、進軍を止めるはずがない。

が、そこが弱点でもあった。

イオリが魔王——キョウとの戦いに勝利すればきっと……。

たらればに希望を託す話はここまで。

魔力障壁の効力が消滅した場所に新たな魔力障壁を展開するため、あたしは駆け回っていた。その途中で、時間の許す限り『虎狼焔』での牽制を繰り返しおこなったが、だんだんと火球の飛距離が短くなってきているのがわかる。魔法の使いすぎで精神力が消耗しているのだ。

川を越え段丘面を登って押し寄せる魔王軍を少人数で食い止めるなんて、夢物語だったのか。

あたしは質より量の暴力には抗えるものではないことを思い知らされた。

初手の優位は覆り、あたしたちは十字弓の波状攻撃に圧されている。魔力障壁に火矢は弾かれているが、その隙間を抜けたものが何本も地面に突き刺さっていた。誰が用意したものか、鬱陶しい武器だ。ほんとに余計なことをしてくれる。

極限流攻撃魔法でも屈指の威力を持つ『魔王焦光焔』を連発すればなんとかなるかも、と楽観視していたあたしはやっぱり戦争には向いていないし、この期に及んでこんなことが確認できてもまったく嬉しくもない。草原には『魔王焦光焔』の炸裂した跡が無数に残っていた。それなのに魔物たちの進撃は止まらない。かろうじて成功していると言えるのは、魔法の威力に怯えた魔物が逃亡するのを防ぐためベニマルとダイモンが付きっきりになっていることくらいだ。これならイオリの邪魔をされることもない。

彼は今、キョウと戦っているのだろうか……？

人は踏み込んではならない領域に一度でも入ってしまうと、二度目は易々とそれをおこなうという。知ることさえなければいつまでも続いていた日常が、その日を境にぷっつりと途切れてしまうのだ。

なら、一度でも死を覚悟した人間は？

死との距離が理解できて、命の危機に慣れてしまうものなのか？

そんなことはない。

アリギエーリとの戦いであたしは死を覚悟したが、今現在そんな達観した域にはない。

普通に死が怖い。

こんなものに慣れてしまったら……それはもう人ではないのだと思う。

なら、イオリは……？

自分の命も他人の命も等しく無価値なものと思っていそうな彼だとしても、あたしは人であり続けてほしい。

人として還ってきてほしい。

「交換です！」

彼方での戦いに思いを馳せていたあたしの足許に、剣身がなくなり柄だけとなった剣が転がってきた。

見ると、地面に突き立った剣をアルテナが引き抜いているところだった。

矢は尽きてしまったらしい。

ファイヤーソードが纏う炎の色が彼と同じなのは羨ましいが、こう度々取り替えなければならないのは面倒すぎる。エルフの剣は細すぎるため、常用しているバスタードソードより消費速度が速いようだった。もっとも、魔法使いとの共闘を想定した魔力耐性の高い剣だったとしても、イオリの炎にどれだけ耐えられるかは未知数だ。

「ファイヤーソード使うの、やめたら？」

「出し惜しみできる戦況だと思いますか？」

逆に問うてきたアルテナの瞳の赤みが強まっている。

闘争本能が高まっている証しだ。

短く言葉を交わしていただけのあたしたちだったが敵はそんな暇も与えてくれない。

コボルトの群れが石垣を越えて跳びかかってきた。

石垣の死角を伝って移動してきたため気づけなかったのだ。

こんな時に背丈の小さいこの魔物の本領が発揮されるとは……！

アルテナは群がった四匹のコボルトに押し倒され身動きが――と思う間もなく、紫色の炎が生じてコボルト共を火だるまに変えた。

剣は振られていない。

ただ炎を発生させただけだ。

それでも怯まず、遅れて石垣を越えた一匹があたしの背中に跳びかかってくる。

どのコボルトからも相手にされなかった分、気を配る余裕があったため振り返りもせず、あたしは長いスカートに包まれたお尻を「えーい」と突き出してこれを吹っ飛ばした……のだが。

「コボッ⁉」

コボルトがコボルトらしい悲鳴を上げ、頭から股まで体の中央で真っ二つになった。

血を撒き散らして地面にべしゃりと倒れる二つの半身……。

「おえええ……ッ」

吐き気を催し、あたしはコボルトの死骸から目を逸らした。

そこにぼおっと紫色の火の手が上がり、アルテナが死骸を燃やしてくれているのがわかる。

あたしが吹っ飛ばした結果、このコボルトは展開してあった魔力障壁の端に勢いよくぶつかり切断されてしまったようだ。

「この魔法にこんな使い道があっただなんて……」

そのとおりだよ。

触れただけではこうはならないと思うけど、用心するに越したことはない……。

ふとアルテナの左手を見ると握った指の隙間から砂が零れ落ちていた。

「アルテナ、手……」

コボルトに押し倒された時、無意識に地面に爪を立てた名残かもしれない。

手の平を開いた彼女は砂を見つめ、再び握り締めると強い決意の宿った瞳で敵軍を睨んだ。

「全員の命を救うことはできなくても、私が掴める命だけは……決して放しません」

この国の騎士でもないのに、彼女をこうも駆り立てるものはいったいなんなんだろう。騎士には矜持というものがあるというが、それにしても……。

もしかすると、こういうものこそが普遍の正義というのかもしれない。

じゃあ、あたしはなんでここでこんなことをしてるんだろう……。

水源調査からの延長線上に魔王軍との戦争があるなんて、孤児院を出発した時には予想もしていなかった。そんなだから矜持は特になく、自覚できる正義もない。あるのは「なんとかしなきゃ」という漠然とした想いだけだ。

だってアリギエーリと戦う前まで、王国に育ててもらった恩も愛着もあるけど災害みたいなものだし仕方ない、と割り切っていたんだから。短い間に強い愛国心が育まれたわけでもなさそうなので、思い当たる節はイオリとアルテナしかない。

今は不謹慎だが「毒された」という言葉が相応しいかもしれない。

ここで思考が声に出てしまった。

「うーん……、やっぱ騎士なんだなぁ～」

「茶化さないでくだ――」

まだ伏兵が一匹残っていた！

わずかに気の緩んだあたしたちに向かって、二本の鎌を構えたコボルトが躍りかかってきた。

石垣の下で機を窺っていたのか。

アルテナの剣は間に合わない。

あわや鎌の餌食となるその瞬間。

「覚悟するでヤンス！」

アルテナとあたしの脇をすり抜け、真横に縦回転したヴォルトが鉄爪を突き出し、すっ跳んできた。

コボルトは慌てて鎌を掲げて爪を防ぐ。

ガキッと咬み合った鎌と爪は拮抗したかに見えたが、ヴォルトはキャッキャッと嗤い――

「刺すでヤンス～！」

再度回転を始めた。

この回転に鎌はすぐ弾き飛ばされ、コボルト自身も鉄爪の餌食となって息絶えた。

「カ・イ・カ・ン～～ン」

ぽかんと口を開けて眺めていたあたしたちを見て、見得を切ったヴォルトが小首を傾げている。

可愛い仕草のはずなのに可愛くない！

「お嬢ちゃん方、怪我はないでヤンスか？」

「あ……あの、ありがとう――」

アルテナもあたしも無頼の徒ではないので礼を失するような真似はしない。だから相手がヴォルトでもお礼を言おうとした……。

それなのにこの男、ひょいと帽子を取って舌をベロベロさせている！

「おっと、毛がないのはアッシでヤンス～！」

こ……この禿！

おどけて緊張を解いているつもりなんだろうけれど、あたしにとっては精神攻撃だ。魔法に影響が出たらどうする。

実際、おどけている暇も緊張を解いている暇もなかった。

ついにオークが一匹、石垣に這い上がってきた。

あたしと目が合い、斧を投げつけてくる。

石垣の上からなので落差が大きく防御もしにくい。

魔力障壁に隠れようにもコボルトを倒したものはたった今、効果時間がきて消滅してしまった。

無意識に体を捻って斧の投擲を避けようとしたが間に合うかどうか……。

覚悟を決めた直後、石垣の上を白い疾風が吹き抜けた。

大きな一歩で一足飛びに駆けてくるギンさんが高く上げた片膝で斧を弾き、オークへ肉薄する。

「『鳳凰脚』!!」

突進の勢いのまま上げた左膝がめり込み、その反動でわずかに下がるが――

「あァたたたたた――」

直ちに右前蹴り、右後ろ回し蹴り、右回し蹴り、左前蹴り、右後ろ回し蹴り、右前蹴り、そして――

「あちゃぁ!!」

イオリとの戦いでも見せた『飛燕斬』まで合計一二発の蹴撃がオークに反撃の隙を与えることなく叩き込まれた。

オークの体は肉が潰れ、骨が折れ、折れた骨は肉を突き破り、惨憺たる様相で最後は『飛燕斬』

によって下顎どころか上顎と頭蓋骨も砕かれ、倒れる前に死んでいた。

イオリはこの奥義を上手くかわしていたけれど、もし命中していれば彼といえど無傷ではすまなかったかもしれない。

ギンさんて口だけじゃなかったんだ……と考えを少し改めることにした。それと同時に、咎人更生塾を逃げ出したヴォルトの気持ちがなんとなくわかってしまった。

「正義は勝つ！　これは昔から決まっていることなのだ！」

なんというか、恐ろしい正義だ……。

×　×　×

ヨード女王は戦端が開いてからの一部始終を私室の窓から見ていた。

ヒガツヨード宮は門扉を厳重に施錠し、宮門もすべて閉ざしているが、数で押し寄せられたら長くは保たない可能性がある。

籠城にも限界が――と女王が市街地南端の石垣付近に目を向けた時、そこには目を疑うような光景があった。

「まぁ……、なんてこと……！　あれはっ……」

魔物の包囲網と、そして――

×　×　×

あたしたち四人が一ヶ所に集結した頃合いを見計らって、敵は包囲網を完成させつつあった。鶴翼に展開したオークたちが石垣に迫ってくる。一時的に十字弓での攻撃は止んでいたがそれも陣形が整うまで……。

「これって……包囲殲滅陣!?」

あたしが冗談半分に提案した作戦を逆に使われると、いい気分ではない。むしろ悪い。なぜならこの戦術は基本的には兵力が多いほど成功しやすいのだから。数の余裕が感じられて悔しかった。

「千客万来だ。もっとも、彼らは招かれざる客だがね」

消えてしまった魔力障壁を復活させようと握っていた光貨が汗で湿っている。

腹立たしいが、もう呪文の詠唱は間に合わない。

オークの一匹が手を上げた。これが振り下ろされれば無数の矢が飛んでくる。そうなると反撃の隙を見つけるのは難しくなり、時間をかけて殲滅されてしまう。

あー、だから包囲殲滅陣っていうのか……。

本当にあたしは馬鹿だなぁ、とこの時ほど自覚したことはない。

「全員、石垣の陰に――」

「放てっっ!!」

アルテナの指示に被さるように号令が飛び、あたしたちの頭の上を多数の矢が越えていった。

南から北――オークたちからではなく、北から南――オークたちへ。

矢は魔物たちを、ずばっ、ずばっ、と貫き、次々と打ち倒していく。

包囲殲滅陣などという人間の戦術を採ったのが仇になったのだ。人間――もしかすると、ベニマルかダイモンの命じた作戦だったのかもしれないが、純粋に力押しでこられたら負け確定だった戦が首の皮一枚で繋がった。

しかしこの百発百中の攻撃は……、エルフの矢⁉

「待たせたわね‼」

声に引き寄せられるように振り返ると、奥の石垣の上に三〇名ほどのエルフがいた。

それぞれ弓を支えにかろうじて膝をついている。どう見ても万全のようには思えない。

そのエルフの弓兵を指揮するのはハイエルフ――キリルだった。

彼女自身も弓を引き絞っている。

返した手に挟まれている矢は……さすがハイエルフ、四本だ。

「キリル……！　体は――」

矢があたしを掠め、背後に迫っていたオークの額を貫いた。

あたしの問いに行動で応えるように彼女は矢を放ち、四匹のオークを同時に仕留めたのだ。

軽々と跳躍し、キリルが目の前に降りてきた。

「病人に見えるかしら？」

血色はよく、目に光が宿っている。

なににも増して不敵な笑顔が頼もしかった。

首を横に振るあたしだったが、キリルに回復するような理由は見当たらなかったはず。

確かに彼女の病状は王宮へ向かう前には改善が見られていた。とはいえ、ここまで快癒するなんて夢でも見ているのではないかと思い、あたしは彼女のほっぺたをつねってみた。

「ひたたたっ！　なにするのよっ‼」

「ごめん、夢じゃないんだね」

思いもよらなかったエルフの反撃に動揺した魔物たちは一旦退き、残った兵力を再編成するらしい。エルフの矢を恐れてくれれば、それだけ時間が稼げる。

「キリル王女殿下⁉　お加減はもう？」

「私はね。人間に任せていたらエルフの名折れだしね」

「彼らは……？」

「一本でも矢を射られる者はついてきなさいって言ったらなんとかあれだけ。肉弾戦や精神集中の必要な魔法は無理でも弓なら、と思ったけど、あの様子じゃこれが限界ね……」

さっきまで膝をついていた弓兵も今はほとんどが倒れてしまっていた。

それでもエルフの弓一射は三本だ。それが三〇名なら九〇本。百発百中だからさっきの一斉射とキリルの矢だけで一〇〇匹近くを倒したことになる。

ただ、これ以上は矢を放てないことが露見する前に次の策を立てないと……。

「アルテナ、これを貸してあげる」

キリルが背中になにか背負っているとは思っていたけれど――

「盾、ですか？」

「『獅子の盾』よ。宝物蔵から持ってきたの」

黄金の盾に獅子の顔が彫られている。角の丸い逆三角形の形状をしており、寸法はそれほどでもない。女子のアルテナでも振り回せる大きさだ。

「魔法攻撃や毒を防ぐと伝わっているわ。二〇〇年前、あなたの祖先もオーク戦争で使っていたらしいから」

盾を受け取るアルテナの怪訝そうな面持ちが、鏡のように磨かれた盾の裏側にくっきり映っている。

「王女殿下は私のことを……」

「母上から聞いたわ、ヴィークトリアス家のことは。だから貸すのよ」

それなら、とアルテナは左手に獅子の盾を持ち、剣を構え直してみた。こうなると女騎士というよりは、一般的に流布されている女勇者のいでたちのように見える。どちらにせよ、様になっているのは間違いない。

「それで？　リリリゥムはなんて格好してるの。うちの店で働くつもり？」

「魔を束ねし弦　蒼穹の果ての糸車を廻せ　縒り紡ぐは嶮難たる高き鐵の磨崖　湧き立つ雲海を裂

き我らが衣と成りて屹立せよ――」

疲れの溜まったあたしは、全快したらしいキリルに消えてしまった魔力障壁の補充を頼んでみた。

「『プロト・エクト・アイオーン』！」

指定どおり、欠けた場所にあたしの展開したものと寸分変わらない大きさの魔力障壁が出現した。

この魔法は誰が使っても基本的には変わらない。魔力の量――光貨の大きさ――で持続時間が変化するだけだ。

こうやって順次補充していければ――

「ほら、リリリ。普通はこれくらい長い呪文なんですよ。私が驚くのも無理はないでしょう」

アルテナが言っているのは、あたしが初めて彼女に防御魔法を見せた時のことだ。そういえば、詠唱にかける時間が短すぎて信じてもらえなかったんだっけ。

「なにを言ってるのかしら、アルテナは」

「私もこれが普通だと思うが……」

「でヤンスね～」

はぁ……、まったく皆ときたら。

あたしはひと息入れようと外していた仮面をまた被り、魔法行使の手順をさっと終わらせた。

次は皆さんお待ちかねの呪文詠唱だ。

「魔を束ねし弦　ソー・ヨー・ワー――　『プロト・エクト・アイオーン』」

これだけでキリルのものと同じ魔力障壁が展開する。展開するが、それも終わらない内に彼女の手から薔薇の乾し花が一輪、ぽろりと落ちた。

「ほら、大切な薔薇――」

「あなた！　今のいったいなに⁉　なにをしたの⁉⁉」

キリルがあたしの頭を両手で挟み、ガクガク揺すってくる。

彼女は魔法を使う時、薔薇の乾し花を精神集中の鍵として使っていた。あたしが仮面を被るのと同じ意味合いだ。それを落としたことに気づかないくらい衝撃を受けたように見える。あたしの積層詠唱に。

思い起こしてみれば、超級魔法使い養成学校でこの詠唱方法を知っているのは先生たちだけだった。誰にも見せてはダメだと言われていたからだが、もう卒業――したようなもの――だから無効だろう。


戦場で時間を無駄にするのは敵に塩を送るようなものだ。今の内に全員で、ギンさんにもらった咎人更生塾特製の生薬配合ポーションを飲むことにした。ヴォルトが言うには「体力を一日分、前借りするだけなんで明日がキツイでヤンスよ～」だとか。この世に精神力を回復させるポーションは存在しないので、あたしとしては一時的にでも感覚を麻痺させられるのなら、それで十分だ。

比類なく苦いのでちびちび口に入れつつ皆の顔を見ていると、苦さがあたしの頭を覚醒させたのか、魔王軍を一網打尽にする起死回生の魔法――戦略級選択式広域殲滅魔法――への道がいきなり拓かれた。

皆——

みんな？

初手で使った禁呪とは比較にならない危険度で、精神力を消耗した今のあたし一人では制御不可能なほど大規模な魔法だったが——これ、魔法発動の手順を手分けしたら……？

「さすがだぞッ、超級魔法少女!!」

思わず口走った自画自賛に皆の眼が点になっている。


「覚悟はいいでヤンスか？」

「婦女子にこんなことをするのは気が引けるが、これも世のため人のため正義のため！」

魔力の解放——光貨の粉砕——は魔法使いでなくてもできるので、ギンさんとヴォルトに任せて、あたしは体力の消費を抑える。

光貨を両手に山ほど握った二人を見て、キリルが不安そうにあたしにすり寄ってきた。

「本当にこれしか方法がないの？」

「いちいち道具で割ってたらキリがないでしょー。ほら、始めるよ」

あたしは彼女を促し、ギンさんたちに背を向けた。

被った仮面を通して戦場に目を転じると、どうやらオークたちに動きがあるようだ。あのオーク・ロードが先頭に立ち、戦槌であたしたちを指している。なにかに感づいたのかもしれない。

魔法の発動までこれを防ぐのはアルテナの役目だ。

「お、王女の命令です。い……痛くしたら承知しませんからね」

キリルが権力を背景にした念押しをし、ようやく観念した。

二人して無防備な背中をギンさんとヴォルトに晒(さら)している。

「「ゆくぞ」でヤンス〜！」

すぐさま光貨の礫(つぶて)がキリルとあたしを襲(おそ)った。

容赦(ようしゃ)のない投擲が背中にぶつかり、砕けた光貨の破片(はへん)があたしの周りに積み上がってゆく。周囲に魔力の極光が漂(ただよ)いはじめた。

一応頭は避(さ)けてとお願いしてはあるが数発の誤爆(ごばく)は我慢(がまん)しよう。

強力な魔法を発動させるのなら、光貨を手や道具で割っていては埒(らち)が明かない。だからあたしはギンさんとヴォルトに、用意した積み光貨を思い切り投げつけ砕いてくれと頼んだのだ。

結構積もったなーと思ってキリルの足許を見ると、ほとんど割れていない光貨ばかりが転がっている。本人は「痛い痛い」と言っているがそんなに痛いものかな——と浮かんだ疑問は一瞬で氷解した。

キリルの服には耐久力強化の魔法をかけていなかった。

開戦前、この場にいなかったのでかけ洩(も)れてしまったのだ。

物理攻撃を撥(は)ね返す特性を利用して光貨は痛みもなく砕けていくはずだったのに、悪いことをした。一旦中止しないと呪文の詠唱に入っても意味がない。

なのに、両手を上げ「中止中止〜〜ッ‼」と振ろうとしたあたしの目は、魔王軍の後方からやってくる飛行物体へ釘付(くぎづ)けになった。

「珍(めずら)しい。紺色(こんいろ)のワイバーン、誰も乗ってないわ。足には――」

キリルも同じものを見ていた。エルフ特有の眼のよさで細部を教えてくれる。

「足には？」

「なに、あの大きさ……」

唾(つば)をゴクリと呑(の)み込んだ彼女の顔から血の気が退(ひ)くのがわかった。

ワイバーンの足許は太陽の光を反射してキラキラ輝(かがや)いている。でもこの光、岩の輝き方じゃない。

「あんな大きな光石、見たことないわ……！」

キリルは石垣に立て掛(か)けていた弓と矢を取り、即座(そくざ)に構えた。

爆撃を警戒(けいかい)した行動だ。

あの紺色のワイバーンはイオリを乗せていった個体。それが舞(ま)い戻(もど)ってコボルトを乗せずにあたしたちを攻撃するなんてあり得るだろうか？

それに、あたしを見た時の眼、どこかで――

「あ――ッツ!!」

あたしは記憶(きおく)の奥深くに眠(ねむ)っていたあることを思い出してしまった。

まったく確証はないが、攻撃は待ったほうがいい。

「な、なによ!?　急に！」

「弓は待って!!」

あたしはキリルの弓を取り上げ、この場から大きく避難（ひなん）した。

その間にワイバーンは目と鼻の先まで迫っていた。

そして放たれる巨大（きょだい）な光石。

トロルを一撃で倒した大岩と同じような大きさの光石が高速で降ってきて、石垣とその後ろの地面を抉（えぐ）り跡形もなく砕け散った。

確かに直撃を受けていれば命はなかっただろう。

それでもワイバーンは逃（に）げたあたしたちを追尾（ついび）してそこに爆撃をおこなうことはしなかった。味方になった……とまでは言えないが、少なくとも敵ではないと認識してもいいのではないだろうか。

ワイバーンが魔王軍の後方から来たということは、この光石は魔王軍の軍資金か単純に魔力源だと想像できる。魔法を撃（う）ち合うことになっていたら長期化は避けられなかったかもしれない。

なら、この膨大な魔力、利用しない手はない。

魔力の解放はこれで完了（かんりょう）したことになるのだから、そっくりそのままお返しだ。

魔法使いにとってはむせ返るほど高濃度（こうのうど）の魔力があたりに充（み）ち満ちている。緑色の極光を透（す）かして外の様子がどうにか見えるくらいだ。ぱらぱらと舞い散る光石の欠片（かけら）が極光に照らし出され、極寒（ごっかん）の朝に見る細氷（さいひょう）のようで幻想（げんそう）的だ。

「あのワイバーンどういうつもりで――」

「いいから、魔法いくよ！」

「あ……あのね、リリリゥム……。実は私、本当は実戦で魔法を使ったこと……」

やっぱりそうだったかー……。

でも経験未経験は関係ない。なにがなんでもやってもらわなければ――

「そんなだから次席なんだよ」

「い……言ってくれるわね……！　わかった、見せてあげるわ。キリルラモールの勝負強さを！」

キリルは王女ということもあって、本人は否定しつつも自尊心が高い。そこをくすぐればいちころなのはわかっていた。

それともう一つ――

「キリルは格闘術よりもずっと魔法が凄いこと、あたしは知ってるから。だから任せたんだよ」

「はいはい。おべっかはいいから、やるわよ！」

次席とはいってもそこは超級魔法使い。

あたしと肩を並べるのに不足はないと思っているのは本心だ。

さあ、と結印に取りかかろうとした矢先、石垣を跳び越えオークが単騎で突入してきた。

魔法陣越しに眼の合ったオーク・ロードだ。間近で見ると、黒い皮膚と黄色い瞳があのシグマを彷彿させる。違うのは潰れた左眼くらいだ。

オーク・ロードは泣いていた。右眼からは涙が溢れ、左眼からは……血の涙が溢れている。

「お前たちがシグマを殺した人間かぁぁぁぁ――――!!」

やっぱり。

似ていると思ったのは思い違いじゃなかったらしい。

「同じ日、同じ時、同じ胎から放り出された我らアズガー兄弟。死ぬのも同じ戦場でと誓っていたものを……おのれらァ……！」

異種族の個体は見分けるのが難しいが、双子だったのか。

どおりでそっくりなはずだ。

「ただでは殺さん！　骨までグズグズに煮崩して鍋底の最後の一滴まですすってやる！　それが愛しき弟への餞別だ‼」

この息巻きよう、あたしたちの不穏な動きを察知したというより、殺された弟の仇を討つために単独で乗り込んできたように見える。

指揮もなにもかも放り出すくらい大切な弟だったのだろう。

「残念ですが、その願いを叶えさせるわけにはいきません」

アルテナだ。

長い髪を風になびかせ、あたしたちとオーク・ロードの間へ静かに割り込んできた。

凛とした佇まいが戦の女神でも舞い降りたような錯覚を起こさせる。

「二人は魔法に集中を」

彼女の言葉にあたしは意識を切り替えた。

体を半身に構えて右腕を振り下ろし→右下→右横に振り→右下→下→左下→左へと振り抜けて結印を終え、同時に足を踏みしめて呪文の詠唱に入る。

「魔を束ねし弦――」

キリルも薔薇の乾し花を口許に持っていき、そっと目を閉じた。

あらかじめ示し合わせた場所を中心に魔法陣の円周が描かれていく。頭に思い浮かべた図形をそのまま空間に投影すると言えばわかりやすいかもしれない。

魔法陣の構築は彼女に任せ、あたしは精神力の消費を抑える算段だ。

今回は魔力にほぼ制限がないのでできる限り大きいものを描くよう頼んでおいた――のだが、彼女の描いた魔法陣はあたしの想像を超えて大きかった。戦場を丸呑みするほどの巨大さだ。あたしたちの頭上にまで広がっている。

魔物たちがざわついて上空を見上げるが、その気持ちだけは手に取るようにわかった。

あたしは魔法陣の形状を目視し、呪文を詠唱しつつ術式を展開していく。

「昏き冥府に棲まいし微塵の子らよ　贖う御霊は九天にあり――」

彼女は巨大な中心円を描き終わると、続いて付属する多数の小円を描き始めた。

それと並行し、三角形が絡み合った立体魔法陣も構築されていく。これは恐らく、万が一にも魔法が暴走した時、それを緊急停止させるための術式だ。

あたしの積層詠唱とまではいかないにしても、やってくれる。他人の魔法に相乗りし、かつそれを邪魔しない術式を組み込むなんて……。ハイエルフだからなのかキリル個人の資質なのかはわからないが、他の超級魔法使いから二歩も三歩も抜きん出た才能だ。

それなのに格闘術を究めるとか言い出すんだから王女様はわからない。

「お前、確か……ヴィークトリアス！」

オーク・ロードは戦槌をゆっくりと振り回し、アルテナへ向けじりじり近づいてきた。

彼女は左手に盾、右手に剣を構えている。それぞれ片手の武器と防具で果たしてこの巨体の繰り出す一撃をしのげるのだろうか。

「この左眼を奪った二〇〇年前の戦、忘れたとは言わせんぞ……！」

アルテナは下段に構えていた剣を後方へ伸ばすと同時に軽くしゃがんだ↓

「私の祖先とは遺恨があるようですね」

そしてわずかに前進し↓

「我が名はザンゲルド・アズガー！　魔王クサナギ様のため、そして弟の――」

立ち上がると剣の柄を握り締めた。

間合いを測ると見せかけて、奥義の所作を仕込んでいたのだ。

「行け！　『烈風剣』!!」

上段へ向け尋常ではない速度で一気に斬り上げられた剣から青い衝撃波が生まれた。

光の屈折が衝撃波に色を与えるのは空気の密度が違うせいだ。

地面に深い爪痕を刻み込んで奔った斬撃は、ザンゲルドの右腕を戦槌ごと斬り飛ばした。

「四海を超え　兄弟を超え　無頼の讒言持ちて魔なる輩を招き　久遠の檻へ至らしめよ――」

魔力が十分に消費され、極光は消え去った。

次の魔法名詠唱ですべては完了し、直ちに魔法が発動する。

「『エヴ・イルグル・アヴィート・アト・アイオーン』‼‼」

魔法陣の中心に小さな黒点が生じた。

かと思うと、黒点は一気に魔法陣一杯に拡大して巨大な黒い球体を造り上げた。

空中を旋回していたワイバーンは本能で危険を察知し、急上昇をかけ魔法陣の効果範囲から離脱する。そんなことができないあたしたちは為す術もなく呑み込まれてしまった。

が、それも一瞬、球体はすぐに収縮して再び小さな黒点へ戻った。

ここからだ。

戦略級選択式広域殲滅魔法の真骨頂は。

「キリル‼　あたしの手をしっかり掴んで離さないで‼」

「なに言ってるの、恥ずかしいわね！」

「いいから‼　死にたくなかったら早く‼」

あたりが暗くなってきた。

黒点の正体は超重力の井戸。

空間を歪め光を曲げて散乱させ、黒点の周囲だけが金環蝕のように輝いて見える。

超重力の黒点へ向かい流れ始めた見えない力は、最初はわずかに、やがて徐々に強く、そして激しくなり、次々と魔物たちを吸い込んでいく。

押し潰され、引き延ばされ、捻られ、千切られ、ありとあらゆる方法で圧縮された魔物が糸車に巻かれるように為す術もなく呑まれていた。考えていたより無慈悲な魔法だったが、これが広域で殲滅の意味だ。

しかしギンさんや他のエルフだけでなく、葡萄畑や草原の草木さえなんの影響も受けていない。この力に振り回されているのはオークを始めとする魔物とかつて魔物だった死体、それにキリルとあたしの二人だけだった。

自分たちには見えも感じもしない力に抗っているあたしたちの姿は、さぞ意味不明に見えたことだろう。

二人で手を取り合って石垣にしがみついている。

「な、な、なによこれ⁉ 吸い込まれているのは魔物だけ⁉」

「これが選択式ってことー！」

「わけがわからないわ！」

「元の戦略級広域殲滅魔法を、魔に属すものだけを吸い込むように改造したの！」

発動してすぐに生じた魔法陣一杯の黒い球体は、魔に属すものを判別するための走査現象だ。

「そんな非常識なことって……って、どうしてあたしたちまで吸い込まれそうになってるのよ⁉」

「だって、魔法使いも魔に属すから――」

「あ――っ、もう！ なんで先に言わないの――‼」

「言ったらやめろって言うもん！ 言わない⁉」

「言うわよ！」

右腕の切断面からぼとぼとと血を垂れ流したまま、ザンゲルドは必死に石垣にしがみついていた。

動脈を断たれ、止血をしないと失血死は免れないのに手を放すと超重力の黒点に吸い込まれてしまうという悪夢の板挟み。

「この人間風情がァッ‼」

魔法の影響をまったく受けないアルテナはすたすたと歩み寄り――

「ハッ！」

容赦のない両足蹴りを放った。

イオリの『裏九拾八式』⁉

「おのーれ‼　おのれ‼　おのれええええぇぇぇぇ‼‼」

石垣から手を放してしまったザンゲルドは中空をもがきながら黒点へ引き寄せられていく。

「こんな終わり方ァァ……あってたまるかあああァァァァァァ…………――」

声がどんどん遠ざかっていく。

圧縮されつつあるザンゲルドとの距離感は完全に失われ、遠いのか近いのか判断できない。

気がつくと姿は失われていた。


やがて見えない力の流れが止まり、黒点は魔法陣を吸い込むと自身も喰らうように消滅した。時限式の魔法なので一定時間が過ぎると消えてくれるのだ。これ以上続いていたらキリルもあたしも耐えられなかったかもしれない。

青空には明るさが戻り、清々しい風が吹き抜けている。

草原にできた戦の跡にさえ目をつぶれば、いつもと同じ風景が戻ってきていた。

魔王軍は撤退する間もなく全滅したのだ。

一〇〇〇匹はいた魔物の姿はもうどこにも見られず、残っているのは草原にぽつんと二人取り残されたベニマル、ダイモンだけだ。

「なんとか成功したわね、あいつら全滅よ！　軽いものね！」

キリルが魔王軍の消えた草原を指差し、あたしの背中を叩いてくる。

背後でもエルフの歓声に加え、「なかなかのお手前で」「勝ちでヤンス～！」など安堵の声が上がっていた。

あたしも超級魔法少女としての面目躍如でほっとひと安心といったところだ。

だけど――

「アルテナ！　行くよー！」

あたしはキリルの言葉には応えず、石垣を跳び越えた。

アルテナも続く。

あたしたちの戦いはまだ終わっていない。

彼らをイオリの許へ向かわせるわけにはいかないのだ。

× × ×

草原で対峙するのはアルテナとダイモンに、あたしとベニマル。

段丘の上からはキリルたちが見守っている。

「人間が魔物を率いて戦を仕掛けるなんて！　恥を知りなさい！」

叱責と共にアルテナは剣を抜き、二人へ向けて突き出した。

まったく彼女の言うとおりだと思う。キョウが魔王だからだとしても、魔物側につくのを良しとする価値観が理解できない。あたしは彼らがイオリと同じ世界の人間だとは信じたくなかった。

「問答無用。参るぞ」

腕を組んでいたダイモンは下駄を脱ぎ捨て、両手を大きく上げた。

魔王軍が壊滅した今となっても、この二人は魔王に忠誠を誓っているのだろうか。それとも魔王ではなくキョウという個人に対して友情を感じた結果の選択なのだろうか……。

ダイモンはアルテナへゆっくり歩み寄ると↓すかさずしゃがみ↓そのまま前進に転じ、拳を軽く握った。

奥義が来る！

立ち上がると同時に両手を大きく振り上げ、「うぉおお！」の叫びと共に掌を地面へ叩きつけた。

瞬間、地面が落雷のように鳴動し、あたしたちはその場でぴょんと転ばされてしまった。

人が地震を起こした⁉

アルテナが剣を支えに立ち上がると、ダイモンは再び前進し↓しゃがみ↓そのまま前進し、拳を今度は強く握り締めた。

またあの奥義が来る！

と警戒するあたしを尻目に、両手を大きく振り上げた彼はなにごともなかったかのように腕を組んだ。

「この戯けが……！」

奥義の発動所作を利用した脅しに惑わされた自分が悔しい。

むざむざ人を見下したような挑発を受けてしまうとは……！

これに味を占めたダイモンはまたもや奥義の所作を取り始めた。

対抗してアルテナも奥義の所作に入る。

「うぉおお！」

牽制じゃない！

最初の奥義同様、彼は両手を大きく振り上げ掌を地面へ叩きつけた。

地面が強く揺れる！

しかしちょうどアルテナは発動所作の初動でしゃがんでおり、この突き上げは効果がなかった。

ここで剣身から紫色の炎が噴き出した。

ダイモンに対して炎を使う決意が見える。彼の胸にはアルテナがつけた傷が生々しく残っていたが、あの時のように躊躇っていては勝てない相手だ。

彼女の紅い眼は強く輝き、瞳孔は蛇のように細く縦長に変化していた。

↓そして即座に前進し↓立ち上がると剣の柄を強く握り締め――

「『百八式・闇払い』‼」

右手の剣を下段のまま内側に振ると、剣身の炎が地面へ放たれ一直線にダイモンへ向かって奔った。

これもイオリの技だ！

地表を灼いて伸びる紫炎を「ふん！」と半身をずらして避けるが、またそこに新たな『闇払い』が襲いかかる。

「どうしました⁉」

掴まれたらお仕舞いだと前回の戦いで彼女は痛いほど理解していた。だからダイモンを近づけない戦法を採るのは当然だ。でも、こんなに立て続けに炎を生み出していては……。

避けられる度に放っているので追い詰めているように見えるが、あたしには嫌な予感しかしない。

「どうしたんですか⁉」

ダイモンを挑発するように放つ『闇払い』はこれで何発目だろう。

剣を振ろうとした彼女は、ぴたりと動作を止めた。まじまじと手許を見ると、剣はもはや剣身を失い柄と鍔だけになっていた。そりゃあそこまで景気よくお見舞いしていれば消耗も早いに決まっている。

「げふぅ‼」

突然、アルテナが血を吐いた！

やっぱり無理のしすぎだ。あのイオリですら吐血することがあるオロチの血の呪縛を、こんな簡単に扱うなんて無茶だったのだ。

――あのまま死んでいたほうが楽だったと後悔する時がくるだろう――

彼の言葉が甦る。

剣を放り捨てたアルテナは胸を押さえて喘ぎ、咳き込んでいた。

「げほっげほっげほっ！」

「アルテナ！」

「どこへゆく」

駆け寄ろうとしたあたしの前にベニマルが立ちふさがった。絶対に二対一にさせないつもりだ。

この機にダイモンはたった二歩でアルテナへ迫り、ぐっと拳を握ると誰もが意表を突かれる技を頭上から被せるように繰り出した。

頭突き⁉

こんな原始的な技でもまともに喰らえば彼女の体は真上に――ではなく、地面に叩きつけられ見るも無惨な顔を晒すはめになってしまう。

「イオリはいつもこんな苦しみに耐えていたんですね――」

それなのにアルテナは嗤っている。

体力の限界まで剣を振るい、握力も残っていないはずの震える両手で盾を持っていた。

そしてそのままダイモンの頭へ向かい下から全身を使って突き上げ――

盾の獅子の顔とダイモンの顔が正面から思い切りぶつかった。

「うおあああああああああああああ⁉」

技とも言えない痛打を喰らい大きな叫び声を上げた彼は、大の字になって倒れてしまった。

同時に土煙とは違う白い煙のようなものが立ち上り、一瞬だけ姿を隠した。

振り下ろす力と突き上げる力が真正面からかち合い脳震盪を起こしているのだろう、眼がぐるぐる廻っている。

額の鉢巻も――ん？？？？？

鉢巻……？

彼が今、頭に着けているのは鉢巻ではなく鉢金のついた青い頭巾だ。

いつの間に……、白煙で見えなくなった瞬間に付け替え――た訳はない。

よく見れば顔もさっきまでとは全然違う。

筋骨隆々で上半身裸、胸の傷まで同じなのに、完全な別人がそこに横たわっていた。

「拙を破るとは、……すごい漢だ」

「誰が男ですか……。私はヤガミ・イオリの一番弟子、アルテナ・ヴィークトリアスです」

口の血を拭い見得を切るアルテナだったが、彼女自身ダイモンの変化に大いに戸惑っているので口上に力がこもっていない。もっとも、失神した彼にはなにも聞こえていないだろう。

ただ、イオリがいないのをいいことに勝手に弟子を名乗るのはどうかと思う。

「愚か者が」

倒された仲間への情けなど無用とばかりにベニマルはダイモン——だった誰か——を冷たい目で見下ろしている。

あたしはこの隙に、動きにくいスカートを膝上から破り捨てた。

魔法使いは呪文を詠唱する分、一つ一つの攻撃に時間がかかる。格闘術対魔法という時点で明らかにあたしは不利なので、少しでも懸念材料をなくして精神的にも優位に立っておきたかった。

だから——

「こっちこっち~!」

あたしはこの魅力的なお尻をベニマルに向け、ぺちぺち叩いて挑発してやった。

水源の地で出会った時から終始冷静だった彼の顔に、初めて苛立ちの表情が生まれた。

「愚弄するか!」

ほーら、誘いに乗ってきた。

殺す必要はなくても足腰が立たなくなる程度には痛めつけてやろう、とあたしはアルテナの戦いを見て覚悟を決めていた。もちろんできる限り魔法の威力は抑えてみる。なので、オークを一匹灰にできる『虎狼焔』ともっと強力な『魔王焦光焔』だけはやめて、別の魔法で戦う。

まず選択するのは、奇襲をかけるためなるべく自然な所作で不審に思われず、呪文詠唱時間の短い魔法。

腕を下ろし↓右下へ伸ばしてから↓「うぅ～ん」と関節を解すような振りをして結印を完了させた。そしてこっそり光貨を砕き、ベニマルとの間合いを測る。

薄い極光があたしの動きに従い、帯となって伸びるのが見えた。

「魔を束ねし弦　原初の真火の恩寵を――」

口を薄く開いて呪文をぼそぼそと詠唱し、いきなり発動！

「『ファイ・リ』！」

あたしは騎士じゃないので卑怯とか卑劣とか関係ない。

物理で弱い魔法使いの先制攻撃のなにが悪い、と開き直ることに迷いはなかった。

魔法陣から放たれた火球を見たベニマルは咄嗟にしゃがみ↓立ち上がった。

握った両拳を交差させたかと思うと素早く左右に広げ――

「『流影陣』‼」

――目の前に空気の断層を作り上げた。

弧状に切り裂かれた空気が摩擦熱で白く発光している。

防がれた、と思った魔法の火球はこれにぶつかると、どんな原理なのか力と速度を保ったままあたしに跳ね返ってきた。

「そんなのあり⁉」

大慌てで草むらに身を投げて避けたため口の中が枯れ草で一杯だ。

初級の元素系魔法にしておいてよかった。

口の中のものを「ペッ」と吐き出し、身を隠したままベニマルの様子を見ていると――

「卑怯者め！」ときたものだ。

開き直ったとはいっても、そう言われるとやっぱり傷つく……。

アルテナの様子は？

この戦いに加わるつもりはなさそうで、ダイモンだった男を魔王軍が残した鎖で縛っていた。

あたしの立てた誓いを尊重してくれているようだ。

「もはやこの姿も用済み」

ベニマルが手を組み合わせて印のようなものを結ぶと、地面から白煙が立ち上った。ダイモンだった男の時と同じ煙だ。

再び彼が姿を現した時、そこにはベニマルには似ても似つかない男が立っていた。真っ直ぐ立てられた金髪は撫でつけられた黒茶色の髪へ変わり、服装も南貴皇国で見られるような一風変わったものになっている。

覆面をつけているので表情まではわからないが、目許の赤い隈取りが眼力を数段強め「これからは本気」だと語っていた。

「げ……幻覚魔法⁉」

「魔法ではない。忍法だ」

「あなた方は誰です！　ベニマルとダイモンではないのですか⁉」

アルテナが居ても立ってもいられなくなって声を上げた。

目の前で二人の男の姿がまるっきり別物になったのだからもう黙っていられるわけがない。

「お主らに語る筋合いはない。が、不破を倒した褒美に聞かせてやろう。我らは魔王という旗印を欲していただけのこと」

「じゃあ、キョウは仲間じゃないの……？」

「もとより。我が流派では記憶を浚い意のままに操る術、親しき者の姿を映す術など児戯よ」

これでこの男たちがイオリの世界から来た人間ではなく、あたしたちと同じこの世界の住人だということがわかった。奥義の発動に所作を必要とする時点で浮かんだ疑念は間違っていなかったのだ。

さらにあたしは、傭魔の禁呪やアリギエーリの幻覚魔法のようなものが別の理論体系にも存在するということに、魔法使いとして興味をそそられていた。

でもよかった。

あのキョウの行動は、イオリが疑問を感じていたように本心からのものではなかったのだ。

ただ、魔王に仕立て上げられただけなのだとしたら今戦っている意味は――

「だが、さすがは異世界の拳士。昏睡と覚醒を繰り返し我が術に抗うとは、すべて画餅に帰したわ」

この事実、早くイオリに教えないと。

あたしは腹ばいになったまま、じわじわ後ずさりしようとした。

すると腕と顔の間、目と鼻の先にカカッと二本の細長い手裏剣のようなものが突き立った。

「逃さん」

そうか……、魔法使い相手に武器を使うのか。

武器を持った奴が相手なら、極限流攻撃魔法を使わざるを得ない。

草むらを踏む音でベニマルだった男が近づいてくるのがわかる。

近づいても問題はない程度の相手だと思われているのは癪だけど、その傲慢な態度後悔するといい。

あたしは体重の軽さを利用して大きく跳び上がり、空中で結印した。

手を下から↓右下へ↓そして右へ振って光貨を砕く。

「魔を束ねし弦　懸崖の繋　狼の縛　我が奏は　響く　焔の戒めを解き顕現せよ――」

足を大きく背中へ反らしつつ呪文を詠唱すると斜め下方へ向けて、異世界の文字の書かれた魔法陣が描かれていく。

男はさっきと同じ所作を取り、『流影陣』を繰り出した。

でも、反射させてしまえばいい、という考えは間違いだ。その技が頭上からの攻撃に対応できないのはさっき見てわかっている。

「喰らえーッ！　極限流攻撃魔法『崖狼焔』‼」

握った両手を頭上から振り下ろすと魔法陣からは火球――『ファイ・リ』よりももっと大きな――が撃ち出された。

空気の断層を越え男へ着弾し、一気に燃え上がる。

崖の上から下へ放つ感じなので『崖狼焔』。『虎狼焔』を空中からも放てるように改良した魔法だ。

あまり使い処がないのが難点だったが、この相手にはばっちり決まったので気分がいい。

普通なら燃え尽きてしまうところだったが、さすがというべきか男はすぐに謎の白い粉を振りまいて転げ回ると見事に鎮火させてしまった。

しかし全身火傷と粉まみれで、正体を明かした時の迫力はこれっぽっちもなかった。それでも悲鳴を上げなかったのは大したものだと思う。彼にもなにかしらの自負心があるのだろう。

でも言わせてもらおう。

「ちょ～余裕ッチ！」と。

片膝をついた男があたしを見上げている。

覆面は焼け落ち、口許が見えていた。悔しさに歯がみしているようだ。

「我が拳は天上天下において最強の拳……。我が拳を超えるものは、そのすべてを根絶やしにしてくれる――」

「そんなにひねくれなくっても、いいこともきっとあるって！」

よろよろと立ち上がる姿になんとなく慰めの言葉を贈ったが、男は傷の痛みもあるはずなのにそれを感じさせない仕草で背を向けた。まだ戦う気ならもう一発お見舞いしてやるつもりだったのが、気勢を削がれた感じだ。

「極限流……。その名、忘れぬぞ」

そう言い残し、男の姿は白煙と共に見えなくなった。

あたしの目には、背中に赤い糸で刺繍された『炎』という紋章が焼きついているのに、煙が晴れてもそこには焼けた草むらがあるだけだ。

　これが忍法か……。

　妙な相手に目をつけられてしまったようでこの先ちょっと不安だが、そんな気持ちは「ピギャアアッ！」とワイバーンの鳴き声が拭い去ってくれた。

　乱れた前髪をかき上げて仰ぐ空に、翼を大きく広げたワイバーンが旋回している。

　すべてが終わるまで待っていたのか、外した仮面を持ってあたしが手を振るとようやく降りてきた。意外に賢い。

　あたりの草は薙ぎ倒され、枯れ草が舞い散っている。その中央に降り立ったワイバーン、間近で見るとなんて大きな生き物だと惚れ惚れしてしまう。相手は魔物なのに……。

「リリリ……？」

　アルテナもやってきて警戒心も露わにワイバーンの顔を見上げている。鋭い牙は畏怖の対象でしかないので当然だ。盾を構え、いざという時はすぐに防御できるようにしていた。

　ふと彼女の眼を見ると、まだ瞳孔が蛇のように縦長のままだった。

　彼女の戦いは終わったはずなのに……？

　そういえばアリギエーリと戦った時にも同じようなことがあった。とすると、まだイオリはキョウと本気で戦っているはずだ。

　あたしはワイバーンの顔を撫でてみた。今は不思議と嫌悪も恐怖も感じない。あるのは懐かしさだけだ。

ワイバーンは首を曲げ、頭でくいくいと自分の背を指した。

これは――

「乗れって言ってるみたい」

× × ×

いっとき魔王窟と呼ばれていたヨード川水源の洞窟は、京の目醒めと共にその名を返上し元の無名の穴へと戻った。ただ、静けさについては回復までまだしばしの時がかかりそうだ。

洞窟の暗闇は時折燃え上がる炎に追いやられ、静寂は打突の音と叫び声で破られ続けている。

戦いの場は洞窟内に及んでいた。

庵と京は炎が燃焼した瞬間に互いの位置を把握し、次の技をそこへ叩き込む。

それゆえこの戦いに防御は存在しなかった。

ただ体力と気力を削り合うだけの純粋な殴り合い――ＫＯＦでは実現しなかった「殺仕合」が繰り広げられていた。

炎の拳が無数の流星――いやそんな可愛げのあるものではなく、一発一発が重い彗星となって交差する。宙では決して見ることのできない紅い彗星と紫の彗星の乱舞だ。

その最中、オロチの血に蝕まれた蛇の瞳孔で庵は見た。氷竜ドゥランテの亡骸から滲み出た蒼い血が、洞窟をしたたり落ちた水に混ざり外界へ流れていく光景を。

「これが元凶（げんきょう）か」

　そこへ――

「ボディが――」

　大きく振りかぶって炎を纏った右拳『百拾四式（ひゃくじゅうよんしき）・荒咬（あらが）み』が。

　そして――

「お留守だぜ！」

　半歩を踏み込んでこちらにも炎を纏わせた左拳『百弐拾八式（ひゃくにじゅうはちしき）・九傷（このきず）』が襲いかかる。

　二発をまともに喰らった庵だが、一向に気に留める様子はない。

「ここか」

「なにぃ！　後ろだと⁉」

　庵の爪が京の背中へ突き刺さり、『逆逆剥（さかさかは）ぎ』が決まった。

　しかし――

「おっと！」

　暗い洞窟内で視覚に頼ることはできない。いつの間にか平衡（へいこう）感覚も失われてしまう。それなのに地面へ叩きつけられることを片手を軸（じく）に見事回避できたのは、京が並外れた格闘能力を持つ者だからこそだ。

「危ねぇ危ねぇ」

「フ……。姿は見えなくとも気配でわかる」

「俺はテメエの姿が見えなくてせいせいしてるんだがな」

「親子揃って操られる草薙の血がなにをほざく」

俺の嘲りは続く。

「貴様は『血の暴走』とは無縁。そんな輩に魂の縛鎖が断ち切れるはずもない」

「へっ。八神よぉ、そこまで言うなら懐かしいものくれてやるぜ。ありがたく受け取りぃ——な！」

俺は自分に正面から向かってくる大きな圧を感じ取り、咄嗟に『乙・後駆』で飛び退いた。

「せゃっ！」

目の前を重いなにかが勢いよく通り過ぎ、鼻先を擦過した。

ぎりぎり避けられたようだったが、続けざまに二発目が襲う。

「おぅら！」

次は必中、と京が思った瞬間、予想外の展開が待っていた。

『外式・百合折り』。

庵は空中で蹴りを空振ることで反動を生み、無理矢理に飛距離を伸ばしたのだ。

「落ちやが——!?」

武の理の隙を突いた行為に、踵落としを外した京が唸る。

「マジかよ……、オヤジの世代の技は使えねえなぁ」

「『百壱式・朧車』か。フン、時代遅れの骨董品を後生大事にしていたとはな」

そして沈黙の刻が流れていく。

きん……。

こん……。

かん……。

ようやく、天井からしたたる水滴の音が聞こえるようになった。

が、それも瞬刻。

「「どうしたァッ！

　喰らえぇーっ！」」

二つの『闇払い』が同時に発火し地面――いや、水面を奔る。

二色の大きな炎は煌々と輝き洞窟を明るく照らし出した。

ドゥランテの亡骸さえ役目を終えて眠る神獣のように神々しく見え、信心深い者なら畏怖の念を抱き跪いていただろう。

炎がぶつかり合い燃え尽き暗闇が戻る寸前、俺は気づいた。

「……⁉」

「なにくすぶってんだ？」

「待て、京」

俺は京を制止すると手に弱い紫色の炎を生じさせた。

その光で足許の流れを照らすと――

（まさか……）

流れてゆく澄(す)んだ水をまじまじと見ていた彼はおもむろに、ドゥランテの血が混ざり澱(よど)んだ傍(かたわ)らの水溜まりへ炎ごと手を押し付けた。

ジュウッと水蒸気が発生するが、今朝(けさ)の川霧(かわぎり)のように蒼くはない。

「ククク……ッ」

立ち上がった彼は濡(ぬ)れた手もおかまいなしに額を押さえ、嗤いはじめた。

「ハッハッハッ……、ハァーハッハッハッハッ‼」

「八神――」

「京、貴様の炎を貸せ」

水溜まりの蒼い澱みは消え失(う)せ、清らかなしたたりをたたえてそこにあった。

庵の炎は水に混ざり込んだドゥランテの血だけを燃やし尽くしていた。

「草薙の血も八神の血も、オロチの宿命からは逃(のが)れられんということか」

オロチと縁(えにし)が結ばれた者だからこそ持ち得た力、というのも彼にとっては皮肉と矛盾(むじゅん)でしかない。

「フザケたこと言ってんじゃねえぞ、八神。テメエこそ目ぇ覚ませ」

「竜(りゅう)の血で苦しんでる奴(やつ)がいる。これが貴様がドゥランテを斃(たお)した結末だ」

「なに……？」

「始末をつけろ」

京の顔は見えないが、操られていた自分への憤(いきどお)りと庵に力を貸すことへの懊悩(おうのう)がない交ぜになって襲ってきているはずだ。

やがて舌打ちが聞こえ――

「これで貸し借りなしだぜ」

俺と京はドゥランテの亡骸を背に並び立っていた。

しばらく前までは魔王クサナギの玉座だったドラゴンの頭部の右に俺、左に京がいる。

京は左手の人差し指に炎を灯していた。その紅い揺らめきが不安定に膨らんだり縮んだりを繰り返している。これは彼が意図してやっているのでも、無意識に心中が顕われているのでもなかった。

「おい、八神。炎がやけに暴れるのに気づいてるか？」

「無論だ」

「お前のもそうか」

「この世界の力と反応している……のかもしれん。精々呑み込まれんよう用心することだ」

「テメェがな。……じゃあ行くぜ！」

京は左脚を伸ばした姿勢で腰を落とし、左腕はこれから大地を割るかのように拳頭を地面へ向けた。

「はぁぁぁぁぁぁぁっ……！」

俺は右手をズボンに入れ自然体で立っている。が、白くなっていく左手の皮膚で拳を強く握っているのがわかった。

「フゥゥゥゥゥゥゥッ……！」

二人の体内で氣の圧力が高まっていく。

膨張した氣を練ることを繰り返し、不純物を取り除く練氣の呼吸は細く長く続く。

同時に足許の水が体を取り巻くように渦を成し、空中に浮かび上がった水滴から次々と蒸発していった。

ほどなく、彼らの臍の下あたりを中心にぼおっと全身が光を帯びはじめた。

気のせいではない。

洞窟の壁をしたたる水が輝いている。

練りに練った氣が溢れてきているのだ。

「ぐふっ……」

前触れもなく庵の口腔に鉄の味をした液体がこみ上げてきた。

彼はさらに強く拳を握り締めることでこれを呑み下す。

京もこの一部始終を見ていたが、言葉を掛けようとはしなかった。

そこにどんな想いがあったのかはわからない。ただ、この隙に倒してしまおう、などという下劣な真似をする人間でないことだけは、その表情から読み取れた。

「ゆくぞ」

京へ視線すら送らず、庵が呟いた。

二人は寸分のずれもない呼吸で構え、放った。

充足した氣を炎に換え、あらん限りの力で放つ最大火力の『闇払い』。

水面に生じた炎は火柱となり、本来の『闇払い』をはるかに凌駕していた。

今までの『闇払い』を『必殺技』と呼ぶのなら、今のこの技は『超必殺技』と呼ぶに相応しい炎を噴き上げている。

火勢は洞窟を真昼に変え、彼らの気合いの一声すらかき消してしまうほどだ。

産み落とされた二つの炎はドゥランテの亡骸を灰へ変えたのち、追い越し追い越され我先にと洞窟の出口へ奔る。
暗がりから陽の光の下へ飛び出て、水の流れを伝い炎がゆく。
クラッガリ峡谷を下り、
王都ミクニを抜け、
ヨード川を嘗め、
支流近くにいたヤサカ孤児院の子供たちを驚かせ、
ザッカーワン海まで、
あらゆる場所に散ったドゥランテの血を灼き尽くす。
時に仲のよい仔犬の兄弟のように、時に獲物を奪い合う猛獣のように並走する紫色の炎と紅蓮の炎。
とぐろを巻き、逆巻き、もつれ、咬みつき合いながら駈け抜ける。
決して交わり一つとなることはないが、今果たす使命だけは同じだ。

それを違(たが)えなかった結果――

炎が奔り去った跡にドラゴンの血は一滴も残っておらず、蒼い毒水や毒素だけが完全に消え去っていた。

王国に潺湲(せんかん)たる水の響きが戻ってきた。


「待たせたな」

自分たちの炎がもたらした結末を見届けようともせず、俺は京がいるはずの暗闇へ向かって言葉を投げた。

戦いの仕切り直しを望んでいるのだ。

が、反応はない。

ややして「やめだやめだ」と勝負を投げ出す声がこだまし、紅い炎が灯った。

京はその炎を頼りに、俺を放置して出口へ向かっていく。

「貴様、どういうつもりだ」

やる気なさげに歩く京にずかずかと追いすがる俺が対象的だ。

洞窟の外へ出た京は眩(まぶ)しさに眼を細めながら、俺にむしられた白い布を拾い上げた。

広げたそれは大きめのハンカチだ。

丁寧(ていねい)にもぱたぱたと手で叩(はた)き、細かな落ち葉を払っている。

「お前は俺やオロチが絡んでねえと、わりかし普通だな。だから、今日のところはお開きだ」

「戯れ言を言うな！　俺がこの世界へ来てからどれだけ貴様を――」

「勝手な奴だな。俺にも都合があるんだよ」

ハンカチを額に巻き直しつつ、迷惑そうに京が言った。

「構えろ！」

「オーベン……ザッカー……って言葉だけが頭にこびりついてやがる……。お前、なにか知ってるか？」

「……ヨード川を下り、ナンコウの先、アワヅ島にある国の名だ」

なんで自分がこんなことを――渋々答える庵の顔にはそういった割り切れない表情が浮かんでおり、まったく納得していないのが伝わってくる。やっと再会できた宿敵と戦うでもなく、道案内じみたことをするはめになるとは憤懣やるかたなしといった様子だ。

「淀川？　南港？　淡路？　ここは大阪かよ！　俺がこっちのこと知らねえからって、からかってんのか？」

「この俺が冗談をか！」

「……そんなタマじゃなかったな」

京は口から流れ出た激戦の証拠――血――を手の甲で拭い去ると、背中を見せ歩き出した。

遠ざかる無防備な日輪の紋に庵の叫びが何度もぶつけられる。

「どこへ行く！」「戻ってこい！」「決着をつけろ！」「逃げるのか！」――どの台詞も京を止めることはできない。

「京オオオオオオオオオオオオオオオオォォォォォォォォッ」

喉よ張り裂けろとばかりにふりしぼった、水源の地を震わせる声に仕方なく京の足が止まった。

それでも振り返りはしない。

「俺をいいように操るつもりだったんだろうが、逆効果だったことを思い知らせてやるぜ」

言葉の端々に怒りが滲みでている。自分と仲間の記憶を弄ばれたことがよほど腹に据えかねているのだ。

「それにテメエなら――」

軽く手を掲げると、

「俺がどこにいようが見つけられるだろ」

と小さく呟き、再び歩き出した。

二度と立ち止まりはしないという意志が背中の日輪紋に宿っている。

その時、ふわっと紋の周囲に白い灰のようなものが舞った。

そこだけでなく、庵の周りにも舞い散っていた。

雪だ。

初雪だ。

ちらつく白雪はまだまばらで、到底根雪になるとは思えないか弱い降り方だったが山に冬の到来を告げる先触れは、もう見えなくなった京と庵の間を静かに埋めていった。

「「イオリ――――!!!!」」

だが、男の孤独(こどく)は続けることを拒(こば)まれる。

雪と共に降ってくる二つの喚(よ)び声に彼は空を見上げた。

×　×　×

イオリの態度で、あたしたちがワイバーンの背中から見た川や峡谷を奔る紅(あか)と紫の炎の原因はなんとなく察せられた。

相も変わらず細かくは語ってくれないが、毒そのものだった三大竜王の血は灼き尽くされ、もうこれ以上病(やまい)が拡散することはないらしい。

「キョウは？」と問うと、こちらは「この世界にいることはわかった。焦(あせ)る必要はない」とか「未練を残したまま逝(い)かせるのは不憫(ふびん)だ」とか「殺(や)る気のない奴を殺しても俺の心は癒(い)えん」とか必要以上に理由を語ってくれた。

要はまた今度ということだろう。

でもそれでよかった。操られていた状態で決着がついてしまったら、どちらが勝っても負けても、不幸でしかないのだから。

ヨード川の水源となっている洞窟は暗く、大きい。入るなり「暗くて怖(こわ)ぁ～いッ」とイオリに抱(だ)きつこうとしたら、さっと避けられてしまったのは言うまでもない。

魔物の洞窟というと、あたしたちはどうしても地下迷宮などを想像してしまう。複雑に入り組んだ迷路と罠が侵入者を阻み、魔物や宝箱が待ち受けている危険ながらも一攫千金を狙える場所。でもこの洞窟は一本道で、危険もお宝も待ってくれてはいないみたいだ。

彼のご所望どおり魔法の燭光で内部を照らし、奥へ進むあたしたちの前に灰の山が現れた。

「ドゥランテだ」

これがかつての三大竜王の一匹——氷竜ドゥランテ……。

なんとも哀れな姿になってしまったものだ。

焔竜アリギエーリ、雷竜ダンテ、氷竜ドゥランテ。これで三大竜王は全滅してしまったというわけだ。それも異世界からやってきた炎を操る男たちによって。

アルテナとあたしも協力はしたが、結局はイオリとキョウが斃したようなものだ。この事実だけで評価すれば、二人は魔王などではなくやっぱり勇者なのだ。

「これですね……」

アルテナが灰を貫き地面に突き立っている一本の長剣を見つめていた。

ドラゴンの尻尾を縫い止めていた剣、ギャザークラウディス。二〇〇年前にアルテナの祖先が手にするはずだった伝説の宝剣——

「日本刀……だと……?」

イオリが目を剥いている。

珍しいのであたしは剣よりも彼の顔に注目してしまった。

「ニホントウ？　ニホンって、イオリの国ですよね」

剣の片側にしか刃(は)がついておらず、全体がその逆へ向かって反っている。

これがイオリの国の剣？

だとしたら、あたしたちが普段目にする剣に比べるとかなり異質だ。

アルテナは剣の柄を握ると力任せに引っこ抜いた。でも、それが不幸だった。

きっと容易には抜けないだろうと、思い切り力を込めたにもかかわらず剣はまるで温まったバターからナイフを抜くように易々と彼女の手に納まった。そのせいで、ついた勢いはそのまま尻もちとなり、手を離れた剣は空中でくるくると回転し彼女の股の間に突き刺さった。

たやすく岩盤(がんばん)を貫く剣だ。冷や汗どころではない。

こわばった笑い顔でもう一度、今度はゆっくりと剣を抜き彼女は燭光にかざしてみた。

「不思議……。手にしっくり馴染(なじ)みます……」

驚いた。

薄い黄金(こがね)色をした剣身には錆(さび)一つ浮かんでいない。二〇〇年間も放置されていたのに血抜き溝は彫(ほ)り深く残り、信じられない美しさを保(たも)っていた。反射する輝きが見る者の心を吸い取ってしまいそうだ。これが宝剣というのも今なら信じられる。

ただ、伝説の宝剣とはいっても、その出自や誰がドゥランテをここに封(ふう)じたのかなど、伝説自体は漠然としていてよくわかっていない。

調べてみたいことがいっぺんに増えてウズウズしてきた。

早くミクニへ戻ろう。
今度の帰り道はワイバーンがいるから身も心も軽いのだ。

終章

王暦二六七九年　～　一〇月二四日

　ヒガツミ魔導王国王都ミクニのヒガツヨード宮謁見の間は、エサーガ公国公都シエサーガの『スイッター城』のものに比べると、まず明るさが段違いだった。あちらは外敵への備えで意図的に窓の少ない造りになっていた。だから日中でも薄暗い。篝火や魔法の燭光で灯りを採っていてもその数は少なかった。一方、こちらは巨大な樹の中にあるため火気は厳禁で、代わりに窓を大きく取り魔法の燭光も数多く配置してある。その相乗効果でとても明るかった。あと木特有の温かみがあり、居心地もはるかにいい。

床も板張りで、ところどころに玄武岩を丸く切り出した石製の魔法陣が埋め込まれている。これがなんの用途のものか教えてもらったことはないが、なにか特別な役割を持っているものかもしれない。

今、ヨード女王が座っている玉座は背もたれこそ高いものの贅をこらした光石製などではなく、こちらも木製だった。いかにも王の椅子、という絢爛豪華さがない。それでも樹や花の形を盛り込んだ巧みな造形美と年季の入った色艶は美術工芸品と呼ぶに相応しい風格を持っている。

女王はまだ全快していないため、横にはキリルが控えていた。二人とも似たような純白のドレスを着てミスリル製――銀に似た希少金属だ――のティアラを着けており、こうして並ぶとほんとに姉妹にしか見えない。一七歳と二四歳かー……。やっぱりエルフは年齢詐欺だ。

「この勲章に恥じぬよう、なお一層、咎人たちの更生に邁進する所存です」

ギンさんの言葉で勲章の授与式は終了した。

もちろん魔王軍を撃退した功労に報いたもので、このためにあたしたちは女王に謁見していた。

アルテナは急ごしらえの鞘に刀――剣ではないとイオリが言っていた――ギャザークラウディスを収め、あたしはちょう可愛いふりふりの服――アルテナがうるさいから青いタイツをはいて――を新調している。

ただ、「あたしたち」とは言っても全員いるわけじゃない。授ける側と受ける側合わせても五人の寂しい授与式だ。アルテナ、あたし、ギンさんの順に並んだ三人の胸には花冠状の勲章が留められていて、宝飾品としての価値はミスリル製ということもありとてつもなく高い。売ればひと財産築けるほどの一品だ。

キリルは王女なので勲章は辞退したらしいが、残りの二人イオリとヴォルトがいないのには理由があった。

イオリはエサーガ公との謁見後、絶対にこの手のものへは出席しないことを宣言し、それを実行した。

ヴォルトは……また咎人更生塾から逃亡したらしい。なんでも、一〇〇〇〇〇〇スヌークの巨大光貨を見て目が眩んでいたので、ギンさんが社会復帰にはまだ早いと判断したのだとか。まー、勘弁してほしいというヴォルトの気持ちはわからないでもない……。

こんなこともあり、二人の勲章はあたしとギンさんで預かっておくことになった。

勲章といえば、あたしは昨日やっと念願の卒業証書を手に入れることができた！

起き上がれるようになった校長も当然魔王軍のことは知っており、それを退けたのがあたしたちだとわかると諸手を挙げて証書を手渡してくれた。念のため超級魔法使い養成学校の模型は預かってもらったが、あれを使うのかどうかまではわからない。でもこれで、晴れてあたしは完璧に卒業したと誰に対しても胸を張れるのだ！

ここでどうして女王や校長が回復したのか、という話になるわけだけども、すべてはイオリの炎――正確にはキョウも――が解決してくれた。

炎による浄化だ。

彼らの炎にはドラゴンの血が持つ毒素を消してしまう力があった。

確かに上空から見たクラッガリ峡谷もヨード川も、ミクニの水路を流れる水にも清冽さが戻っていた。イオリがこれ以上病が拡散することはないと言ったのはこういうことだったのだ。

あたしたちに今となっては免疫と呼べるようなものが備わっていたのも同じ理由だ。アルテナとあたしはエサーガ公国で最低一度はイオリの炎に炙られている。急激に回復したキリルを始め、ギンさん、ヴォルトも同様だ。イオリに至っては炎を宿している本人なので、アリギエーリの血を頭から被った程度なんてことはなかったのだ。

そしてミクニを奔った紫色の炎は『不消の浄火』として王宮最奥の祠に祀られることになった。

これからしばらくは、各地から病を癒やすため浄火へ詣でるエルフがあとを絶たないだろう。

あと、今後文献には「ドラゴンの血は毒」という一文が追加されるのも間違いない。

「アルテナ・ヴィークトリアス。あなたにはもう一つ渡したいものがあります。近くへ」

アルテナは返事と共に公国式の敬礼をして女王の許へ歩み寄った。

その様子を見守るキリルは珍しく穏やかな表情をしている。そのあたりはやっぱり王女様なのでちゃんと場所をわきまえているということだ。

「これは……」

手渡されたのは一つの指輪だった。

材質はわからないが、とても古そうな品だ。

「母上、その指輪は――」

「ええ、私たちヒガツミ王家にも同じものが伝わっています」

キリルに見覚えがあったように、実はあたしにもある。いったいいつどこで見たのか思い出せない。でも、丸が三つ重なった意匠には確かに見覚えがあった。

「あなたに会うまで、ヴィークトリアス家は絶えたものと思っていました。が、血脈が繋がっていたのであればこれはあなたが受け継ぐべきものです。形見分けの品なのですから」

「形見……」

「刻まれている三光紋は、日と月と星を表しているといいます。昔はなにか意味があったのかもしれませんが、今ではもう……」

「ヨード女王陛下、教えてください。私の家は――」

ここで謁見の間の大扉が勢いよく開かれた。

全員の目がそちらに注がれる。

「ご無礼‼」

入口に一人、騎士のような鎧を身につけた童顔の男が立っていた。

「火急の用件をお伝えすべく、エサーガ公国より参上いたしました！　私は公国騎士団騎士見習いの――」

「あなた、どうしてここに！」

「ア……アルテナはん？　こないなところにいてはったんですか～！」

ギンさんはここで退出し、見習い騎士も外で待つことになった。だから謁見の間にいるのはヨード女王、キリル、アルテナ、あたしの四人だけだ。

エサーガ公国へ送り出した侍女と入れ替えの形でやってきた闖入者のもたらした情報は、あたしたちを酷く驚かせるものだった。

「我が国へ留学していたミドウ公世子に続き、エサーガ公まで身罷られるとは……。アルテナ、あなたは公のご病気のことを?」

「いえ、まったく知らされていませんでした。あ……、だからミドウ公世子は……」

あたしも同じことを思った。

あの公世子が、自分の国で光石鉱山を掘ればいいとイオリに正論をぶたれた時「もう待てぬ」と言っていた。待てないのは、エサーガ公の病のことだったのかもしれない。王である前に父なのだから、知っていてもおかしくない。

「偽造光貨の事件、並びにお二人のご逝去。あなたには心労ばかりが重なりますね」

その点はあたしも凄く同情する。頼りのエサーガ公がこうなってしまっていては、侍女の早馬が間に合ったとしても援軍どころではなかっただろう。籠城して戦うなどという策に出なくて本当によかったと思う。

「もはや秘する必要はありませんね。アルテナ、今からあなたにヴィークトリアス家の真実を語りましょう」

ここから女王の、沈殿した歴史を掘り起こすような話は二〇〇年前のオーク戦争まで遡った。

そこで人間種だけが住む直轄地——今のエサーガ公国の位置——の人々は多大な功績を収め、独立権を得た。北方のそう豊かでもない土地で光貨の埋蔵量も少なかったが、自治から独立への気運は高かったらしい。ここまでは公にされている歴史だ。

しかしその後、具体的な記録は残っていないが公国建国時のどさくさで独立の立役者であるヴィークトリアス家の祖先は謀殺され、エサーガ家がすべてを奪っていったという。立憲君主制国家から絶対君主制国家が生まれたのはこうした流れのなかでの出来事だった。しかし、既に独立国となった公国に対して内政干渉はできず、ヴィークトリアス家も断絶したとなれば、王国は口を閉ざすしかなかったのだそうだ——余計な争いを好まなかったという面もあっただろうとあたしは思うが。

こうして、エサーガ公国の歴史からヴィークトリアスの名は抹消され、誰もその家名を語り継ぐ者はいなくなった。公国の識字率が低いのは、こういう側面を隠す意図があったからかもしれない。

あたしたち——女王以外の三人の開いた口はふさがらなかった。

断絶したはずのヴィークトリアス家なのになぜアルテナという存在がいるのか？

ご落胤だとしたら誰の？

それに、ヒガツミ王家と同じ指輪を持っている理由は？

わからないことだらけで、しかもその回答はまったく得られそうもない。

「本来ならばヴィークトリアス公国となり、あなたは正統公女として生きているはずだったのです」

「あの…………なんとお答えすればよいのか……」

「ええ、簡単な問題ではありません。ですが、捏造された歴史を是とする国にはいつか必ず綻びが生まれるものです。それが偽光貨の事件なのかもしれません」

大変なことになってきた……。

アルテナ――というかヴィークトリアス家と王国がそんな曰く付きの関係だったなんて。もし彼女が本当にお姫様だとしたら姫騎士ということになってしまい、いろいろ無敵な立場を得るのか。

キリルはどう思っているんだろう、と彼女に目配せし、目や唇の動きだけで会話を試みた。読唇術の経験などないが、なんとなくわかればいい。

あたし（ねー、どう思う？）

キリル（なんてことかしら）

あたし（びっくりだよね）

キリル（まさかねぇ）

あたし（これからみんな）

キリル（アルテナが）

あたし（どうなっちゃうんだろ）

キリル（でも問題はエサーガよ）

うむむぅ……お互いが戸惑っていることだけは伝わったけど、それなら表情だけでも伝わる。いったいあたしたちはなにをやってるんだ。

「今後二度とこのような機会は巡ってこないでしょう。正しい歴史へ戻すのは今しかありませんよ、アルテナ」

「ですが……」

「私が親書をしたためましょう。あなたはそれを持ち、シエサーガへお戻りなさい」

「母上――」

　ここにきてキリルが女王とアルテナの会話に割って入ってきた。これ以上黙っておくことができなくなったような思い詰めた顔をしている。

「エサーガ公の死、オーベンザッカーの陰謀ということは考えられませんか？」

「キリル、なんてことを――」

　女王は慌てた風に周囲へ目を配った。

　あたしたちしかいないのはわかっていても、どこに耳が潜んでいるかわかったものではないから当然の反応だ。間諜への対策は抜かりなくしてあるとは思うけども。

「私たちは先の戦で南貴皇国の忍者を一名捕らえました。母上もご存じのとおり、オーベンザッカーは昔から南貴皇国に忍者を派遣させています。特に茶臼町出身の忍者は奇妙な術を得意とする者ども。暗殺なども――」

「滅多なことを言うものではありません！」

「……はい。失礼しました、母上」

　捕らえた忍者がそう簡単に口を割るとは思えないので、彼らが王国へ侵攻した真の目的を知る日はいつになるか見当もつかない。エサーガ公の死に関わっているのかどうかも同様だ。

　行きすぎた推論かもしれないが、策謀というのはどこに張り巡らされているのかわからない。特に今の神国オーベンザッカーは鎖国中で得体の知れない国という印象がある。だからあたしも、キリルの抱いている懸念は理解できた。

「……わかりました、ヨード女王陛下。私も遺されたメトロ公女殿下のことが気がかりです」

選択肢の限られるなか、アルテナは帰国を選んだ。

×　×　×

へ説明するため、これからエサーガ公国へ発つのだ。宮門から望む西の空はもう茜色に染まっているっていうのに、慌ただしい。

エサーガ公とミドウ公世子の弔い、それにヴィークトリアス家の真実をメトロ公女以下重臣たち
馬も病み上がりなので飛ばすわけにもいかず、そうなるとシエサーガまで最低一〇日はかかることを考えれば仕方のないことかもしれないが。あのワイバーンを使おうにも、あたしたちを送り届けるとどこかへ飛び去ってしまったため頼ることもできない。

護衛には訃報を届けた騎士見習いの少年が付き、キリルも使者として同行することになった。今はマントの下にベストを着て黒いズボンをはき、正装で身を固めている。

「チームも一時解散で寂しくなるねー」

「事態が事態ですからね」

アルテナの姿は馬上にあった。

「それにしても急すぎない？」

「すぐに会えますよ」

「わからないわよ、アルテナ。あなた、次にリリリゥムに会う時は女王かもしれないのよ」

「やめてください、私は――」

キリルの真剣なのか冗談なのかわからない忠告に戸惑ったアルテナは、イオリを見て口をつぐんだ。

彼はいつもの彼だ。しばしの別れにも、特に変わったところはない。この場に見送りに来ていること自体は珍事だったが。

アルテナは彼に渡さなければならないものをヨード女王から預かっている。早く渡せばいいのに、なにをしてるんだろうか。まさか、自分の過去がわかり、彼との距離が変わってしまうかもしれないことが怖くて戸惑っていると?

「リリリゥムは母上を頼むわね。まだ全快してないから心配なの」

「うん、任せて。キリルは野菜ばっかじゃなく、ちゃんとお肉も食べるんだよ」

「失礼ね。これでも最近は食べられるようになったんだから」

縁談を一時保留にしてもらったキリルは、あたしと減らず口を叩き合えるくらい機嫌がいい。

その陰でようやくアルテナがイオリへ馬を近づけ、革袋を手渡した。

水源の調査で冒険者ギルドへ支払われるはずだった報酬とは別の、女王から彼だけへの特別な贈り物らしい。

彼が中身を取り出すと、ミスリル製の鎖が零れ出てきた。

「へー、新しく買った財布につけたら二度となくさないかもねー」

いつまで経っても財布をヤサカ孤児院に置いてきたことを認めないのでこういうことを言われるのだ。まー、孤児院への援助を女王に承諾させた功もあるから、これ以上は触れないでおいてあげよう。

「ヒガツミ国での査証代わりになるそうです。これで一般には立ち入りを禁じられている場所にも入れるようになるとか」

「例えば？」

「王宮の『魔動書庫』とか、ナンコウの軍事区画とか、水源の地とか」

さすがキリル、世事には疎いくせに王女だけあってこういうことには詳しい。けど最後の場所は査証なしで踏み込んでしまったあとだ。

「いらん」

ほらきた。

絶対そう応えると思っていた。

でも今後必要にならないとも限らないので、あたしは無理矢理彼のズボンに押し込んでやった。イラッとした目をあたしに向けても、もう慣れたのでなんともない。アルテナにはまだ有効かもしれないが、あたしにはそろそろ別の手を考えるべきだ。

「あと、この手紙がヤガミイオリ宛に届いていたわ」

今度はキリルが白い封書を取り出し、イオリへ突き出した。こちらの世界で彼を知る人物は何人かいても、手紙を送るような間柄というといないはず……。

「俺に手紙だと？　馬鹿な――」

「今朝、オーベンザッカーからね」

いぶかしむのもわかる。

それがキリルの言うオーベンザッカーからならなおさらだ。

「そろそろ行きましょう、アルテナ」

アルテナは頷くとキリルに続いて手綱を押し、馬を回した。馬が歩きだしても名残惜しそうにイオリを見ているが、やがて諦めて前に目を向けた。

彼女のイオリへの好意は理解しているつもりなのだが、さっきキリルが耳打ちしてきた「アルテナがいない間にどれだけ既成事実を積み上げるかで勝負は決まるのよ」の言葉があたしの脳裏をよぎる。

キリルはあたしの過去を知るただ一人の友達。好敵手であっても、いつも親身でいてくれたことは忘れない。けれど、あたしに抜け駆けは似合わない。

「なにっ……!?」

あたしがアルテナたちを見送りつつあーでもないこーでもないと思案している横で、イオリが柄にもなく言葉を詰まらせた。

手紙の赤い封蝋を見て目を剝いている。そうかと思うと封を切ることさえせず、あっという間に紫炎で燃やしてしまった。

封蝋は溶け落ちながら蒸発し、紙の燃えかすだけがはらはらと地面に落ちていく。

読まなくてもよかったんだろうか……？

背伸びをして覗き見たあたしの目に一瞬だけ映ったのは、オークの十字弓に押されていた烙印——二本の直線と半円が組み合わさった意匠の——と同じような印影だった。

不穏な一致だ。

イオリは手に炎を握ったまま、西の空を仰いだ。

指の隙間で紫色の火がちろちろと燃えている。

宮門から伸びる道にまだ人通りはまばらで、アルテナやキリルの姿もはっきりと見える。

が、彼の視線はそれを飛び越え、はるか先へ注がれていた。

夕陽を背にしてもなお輝きを失わない緑色の極光を戴く黒い島影へ。

つづく

THE KING OF FANTASY
八神庵の異世界無双
月を見るたび思い出せ！2

2020年6月5日　初版発行

監　修　SNK
著　者　天河信彦（てんかわのぶひこ）
発行者　三坂泰二
発　行　株式会社 KADOKAWA
〒102-8177　東京都千代田区富士見2-13-3
電話 0570-002-301（ナビダイヤル）
編　集　ゲーム・企画書籍編集部
装　丁　coil
D T P　株式会社スタジオ205
印刷所　大日本印刷株式会社
製本所　大日本印刷株式会社

DRAGON NOVELS ロゴデザイン　久留一郎デザイン室+YAZIRI
本書の無断複製（コピー、スキャン、デジタル化等）並びに無断複製物の譲渡及び配信は、著作権法上での例外を除き禁じられています。
また、本書を代行業者等の第三者に依頼して複製する行為は、たとえ個人や家庭内での利用であっても一切認められておりません。

●お問い合わせ
https://www.kadokawa.co.jp/（「お問い合わせ」へお進みください）
※内容によっては、お答えできない場合があります。
※サポートは日本国内のみとさせていただきます。
※ Japanese text only

定価（または価格）はカバーに表示してあります。

©SNK CORPORATION ALL RIGHTS RESERVED. ©Nobuhiko Tenkawa 2020
Printed in Japan

ISBN978-4-04-073457-6　C0093

「」カクヨム

2,000万人が利用！
無料で読める小説サイト

イラスト：スオウ

カクヨムでできる3つのこと

What can you do with kakuyomu?

2
読む
Read

有名作家の人気作品から
あなたが投稿した小説まで、
様々な小説・エッセイが
全て無料で楽しめます

1
書く
Write

便利な機能・ツールを使って
執筆したあなたの作品を、
全世界に公開できます

3
伝える つながる
Review & Community

気に入った小説の感想や
コメントを作者に伝えたり、
他の人にオススメすることで
仲間が見つかります

会員登録なしでも楽しめます！
カクヨムを試してみる

「」カクヨム https://kakuyomu.jp/ カクヨム 検索